로크미디어가
유혹하는
재미있는 세상

ROK
MEDIA
로크미디어

# 이것이 법이다

# 이것이 법이다 12

2016년 7월 1일 초판 1쇄 인쇄
2016년 7월 6일 초판 1쇄 발행

**지은이** 자카예프
**발행인** 이종주

**기획 팀** 이기헌 송윤성
**책임 편집** 최전경

**발행처** (주)로크미디어
**출판등록** 2003년 3월 24일
**주소** 서울시 마포구 성암로 330 DMC첨단산업센터 3층 314호
Tel (02)3273-5135  Fax (02)3273-5134
**홈페이지** rokmedia.com  E-mail rokmedia@empas.com

ⓒ 자카예프, 2015

값 8,000원

ISBN 979-11-5960-888-9 (12권)
ISBN 979-11-255-9575-5 04810 (세트)

이것이 법이다

12

자카예프 장편소설

로크미디어

# CONTENTS

출발 드림 팀

"뭐라고?"

미합중국 장군쯤 되면 어지간해서면 당황하는 경우가 없다. 하지만 이번에는 당황하지 않을 수가 없었다.

"소송?"

"그렇습니다."

"우리한테?"

"네."

"누가?"

"엠버라는 미국 변호사입니다. 그들은 정부를 대상으로 징벌적 손해배상을 요구했습니다."

"이런 미친…… 얼마나?"

"그게…… 무려 4억 달러입니다."

그 말에 입을 쩍 벌리는 게릭슨이었다. 자신이 장군으로 승진하면서 이런 큰 일이 생긴 적이 없었기 때문이다.

"4억 달러?"

"네."

4억 달러는 많다면 많고 적다면 적은 돈이다. 한국 돈으로 4,600억 정도 되는 돈이다. 그런데 이번에 새로 개발된 F-22 랩터 전투기의 가격은 2,700억 원으로 그 기체 두 대 값도 안 된다.

문제는 그 돈 많다는 미군도 도입을 꺼릴 정도로 비싸다는 것. 그러니 그것보다 약간 적은 돈이 징벌적 손해배상으로 청구되었다는 사실에 게릭슨은 두통을 느낄 수밖에 없었다.

"도대체 왜?"

"주한 미군의 범죄 때문입니다."

"주한 미군? 그 새끼들이 말썽 일으키는 게 어디 한두 번 이야?"

"그게…… 이번에는 개인적인 소송이 아니라 전체적인 소 송입니다."

"전체적인 소송?"

"네."

전체적인 소송이란 주한 미군 자체에 문제가 생겼다는 뜻 이기 때문에 고개를 갸웃하는 게릭슨.

"아무래도 SOFA로 장난친 게 걸린 것 같습니다."

"SOFA?"

"범죄자들을 고의적으로 빼돌린 것 말입니다."

"이런 젠장!"

그 말에 게릭슨은 자신도 모르게 벌떡 일어났다. 아시아 쪽을 담당하면서 그는 미국 정부에 수차례 경고했다, 한국에 대한 대우를 바꾸지 않으면 나중에 큰 문제가 생길 거라고. 그런데 국방부는 그것을 무시했다. 관심도 없었다. 한국은 언제나 미국에 기대는 모습을 보여 왔기 때문이다.

'민사는 어쩌라고.'

형사야 어떻게 해서든 SOFA로 퉁칠 수 있지만 아무리 한국 정부라고 해도 민사를 막을 수는 없다는 것이다.

"도대체 어느 정도까지 걸린 것인데?"

"소장에 따르면 SOFA 규정을 이용하여 고의적으로 범죄자들을 도피시킨 것이 발각된 듯합니다."

"끄응…… 이런 미친……."

지금까지는 주한 미군에서 문제가 생기면 미국은 범죄자를 한국에서 미국으로 불러들였다. 그러면 한국 정부는 손쓰지 못하기 때문이다.

"그걸 알면서 징벌적 손해배상을 청구하지 않으면 이상한 것이겠지."

지금까지는 그게 문제가 되지 않았다. 한국 정부는 SOFA

개정에 소극적이었고 개개인은 미국까지 와서 소송하는 데에 있어서 여러 가지 한계가 있기 때문이다. 당장 손해배상비보다 여행 경비와 변호사 선임료가 더 나오는 것이 현실이기 때문에 자연스럽게 포기할 수밖에 없었다.

"엠버라는 변호사는 단순히 미군에만 건 것이 아닙니다. 그동안 도피해 있던 주한 미군 출신의 범죄자들에게도 개별적으로 손해배상을 청구하고 있습니다."

"그게 얼마나 되는데?"

"모르겠습니다."

"뭐?"

모른다는 말에 어이가 없는 표정이 되는 게릭슨이었다. 하지만 부관의 입장에서도 속이 터질 일이었다.

"주한 미군이 말썽을 일으킨 것이 한두 번이 아닙니다. 대부분 한국에서 미국으로 돌아오고 난 후에 강제로 예편시키기는 했지만 그래도 제대로 처벌받거나 손해배상을 한 녀석은 없습니다. 주한 미군이 주둔한 시간이 워낙 오래되다 보니 숫자가 얼마나 될는지……."

"통계는 확인했을 거 아냐?"

"한 해에 평균…… 200건 정도입니다."

"200건?"

10년의 기간을 감안해서 생각하면 못해도 2천 명 이상의 주한 미군이 범죄로 인해서 미국으로 돌아왔다는 소리다. 그리고 미군은 2천 명에 달하는 범죄자들을 한국에서 지켜 줬다는 소리고.

"끄응……."

게릭슨의 고민이 여느 때보다 커지고 있었다.

⚖

"뭐라고 하던가요?"

"장난 아니게 미어터지고 있다고 하더군."

남상주 변호사는 통화를 마치고 들어오면서 어깨를 으쓱했다. 송정한이 한국에서 소송을 위한 사람들을 모으기 시작했는데 그 사람들의 수가 엄청나게 많다는 것이다.

"워낙 도피한 녀석들이 많으니까."

"그럴 겁니다."

이상하게 주한 미군은 다른 나라의 미군들보다 질이 좋지 않은 경우가 많았다. 그래서 폭행 사건은 거의 하루에 한 번은 일어날 정도였고 강간이나 추행 등은 심심치 않게 일어나는 일 중 하나였다.

사실 당연하다면 당연한 일이다. 미군이 사고를 치면 정치적 문제가 되는 다른 나라와 다르게 한국은 사고를 쳐도 SOFA가 지켜 주기 때문에 훨씬 정치적 부담이 덜하다. 그래서 주한 미군은 보통 문제를 일으킬 가능성이 높은 사람을 보내고는 했다.

"뭐, 그중에는 소소한 재물 손괴도 있기는 하지만."

"상관없다고 해요. 어차피 한국과 미국은 법체계가 다릅니다. 한국처럼 좋은 게 좋은 거라는 태도는 없습니다."

한국은 손해배상에 대해서 극도로 보수적이다. 피해자가 입은 손해를 배상해 주는 경우는 거의 없으며 대부분 그것에 훨씬 못 미치는 금액을 판결한다.

하지만 미국은 다르다. 특히나 바로 사건을 해결하지 않고 지금처럼 도피한 경우에는 그 배상액이 엄청나게 올라간다.

"한국에서 테이블 하나 부술 정도면 미국에서는 조금 뼁을 보태서 아마 소형차 하나 정도는 살 수 있는 돈을 배상해야 할 겁니다."

"그렇겠지. 일단 환율도 다르니까."

"그러니까 모두 받아 오라고 하세요. 엠버도 이번 일에 엄청 기대하고 있으니까요. 공짜로 하는 일도 아닌데 왕창 부려 먹어야지요."

"하하하."

엠버는 노형진이 사건 기록을 보면서 국방부를 대상으로 소송하자고 했을 때 기겁했다. 미국은 한국과 다르게 국방부 아니면 군인에 대한 대우가 훨씬 좋기 때문이다.

"그래도 국방부를 대상으로 소송할 생각을 하다니 자네도 참 대단해."

"국방부는 나라를 지키는 자들이지, 범죄자 양성소가 아니잖습니까?"

노형진은 애나머스가 넘겨준 자료를 검토한 결과 한 가지 사실을 알아챘다. 소파를 이용하여 주한 미군이, 아니 국방부가 고의적으로 처벌하지 않고 범죄자들을 빼돌린 것이라는 것을 말이다.

'그게 얼마나 멍청한 짓인지.'

SOFA의 의도는 재판권이 미국에 있다는 것이지, 범죄자를 풀어 주자는 것이 아니었다. 하지만 미군은 범죄자가 발생하면 미국으로 소환하고 난 후 다시 풀어 주는 행동을 반복하고 있었다.

당장 가장 흔한 사건인 강간 사건의 경우 미국에서 벌어졌다면 최소한 5년 이상의 형량이 나오고 그중 미성년자 강간 사건은 종신형까지 나오는 등 극악한 범죄 취급을 받는다. 하지만 한국에서 미성년자를 강간한 녀석은 그저 불명예 제대한 것 말고는 아무런 손해도 보지 않았던 것이다.

"이참에 소파는 못 고치겠지만 미군의 버릇은 고칠 수 있을 겁니다."

"그럴까?"

"그럼요. 미군이 가진 건 재판권이니까요."

만일 이 소송에서 이긴다면 미군은 그 짓을 못한다. 그렇게 되면 미국으로 송환된 사람은 결국 형사처벌을 받아야 하는 탓이다. 그렇게 된다면 미군은 형사처벌은 자신들이 아니라 한국에 넘기려 할 것이다. 미국은 한국보다 훨씬 처벌이 강력하기 때문이다.

"아마 미군은 이번 사건으로 인해서 두 가지 선택의 기로에 설 겁니다."

첫째는 한국에 재판권을 포기하고 돌려주는 것이다. 미군의 입장에서는 그게 편하다. 나중에 말도 안 나오고 한국은 미국보다 처벌이 약하니 형량 자체도 적을 것이다.

나머지 하나는 끝까지 재판권을 지키면서 미국에서 처벌하는 것이다. 그렇게 된다면 지금처럼 처벌하지 않으면 또다시 징벌적 손해배상이 떨어질 수 있다는 것. 이는 즉, 범죄를 저지른 군인에 대한 처벌이 강화된다는 뜻이기도 하다.

"어느 쪽이든 미군은 좋은 소리를 듣지는 못할 겁니다."

전자의 경우 나라를 위해서 노력한 사람을 해외에 버렸다는 욕을 먹을 수 있다. 후자의 경우 동일한 이유로 국가에 헌신한 사람을 버렸다는 욕을 먹을 수 있다.

"미군의 입장에서는 머리 좀 터지겠는데?"

"그럴 겁니다."

노형진과 남상주가 이야기하는 사이, 한 무더기의 서류를 든 엠버가 문을 열면서 안으로 들어왔다.

"무슨 이야기를 하고 계신가요?"

"엠버 님을 시집보낼 방법을 강구하는 중입니다."

이것이법이다

"흥."

엠버는 코웃음을 치면서 서류를 내려놓았고 남상주는 그런 엠버의 가슴골이 드러나자 얼굴을 붉히면서 애써 시선을 돌렸다.

"그건 뭡니까?"

"소송 관련 서류들이죠. 미군들이 많이도 해 먹었네요."

"그렇지요?"

"네, 이건 아무리 그래도 도와주러 간 입장에서 할 짓은 아닌 것 같은데요?"

"한국이야 뭐, 글로벌 호구 아닙니까."

"글로벌 호구? 호호호호."

말뜻을 알아들은 엠버는 신나게 웃었다.

글로벌 호구. 그건 한국 사람들이 요즘 여기저기 까이기만 하고 제대로 외교 업무를 못하는 현 정권을 비하할 때 쓰는 말이다. 아무래도 한국 관련 사건을 담당하다 보니 그런 말도 배우게 된 것이다.

"뭐, 호구라는 말이 제가 아는 바가 맞는다면 그것도 맞는 말이겠네요. 우리 미국이 한국을 6.25 때 도와준 건 사실이지만 한국 정부는 우리 미국에 너무 저자세예요."

"그게 문제죠."

과거, 한국은 미국으로부터 고고도 무인정찰기인 글로벌 호크를 수입하려 한 적이 있었다. 그러나 가격이 다른 나라의 수입가보다 훨씬 비쌌기에 사람들이 비웃었고, 그 과정에서 국제를 뜻하는 단어인 '글로벌'과 멍청한 고객들을 일컫는 단어인 '호구'를 합친 표현인 '글로벌 호구'라는 자조적인 말이 생겼다.

"하여간 이건 이만저만 큰 사건이 아니네요. 솔직히 말하면 아무리 제가 잘나도 저 혼자서는 못해요."

더운지 펄럭거리면서 블라우스를 흔드는 엠버. 그리고 더더욱 얼굴이 붉어지는 남상주. 그런 남상주를 보면서 노형진은 피식 웃었다.

"엠버, 더 그러다가는 아주 유능한 변호사를 한 명 잃을지도 모릅니다."

"왜요?"

"과다 출혈로요."

"호호호."

엠버는 그 말에 블라우스를 잠그기는 했지만 반대로 책상에 올라타고는 다리를 꼬고 앉았다.

'진짜 무서운 여자야.'

노형진은 그녀를 보면서 혀를 내둘렀다.

확실히 그녀는 자신이 여자라는 것을 무기로 사용하는 것에 능숙했다. 어찌 보면 본능이라고 할 정도로 자연스럽게 쓸 정도로 말이다. 지금도 그렇게 함으로써 남상주가 끼지 못하게 하고 있었다. 그렇다는 건 뭔가 요구할 것이 있다는 뜻이기도 했다.

"엠버, 원하는 것이 있으면 말씀하십시오, 우리 변호사님이 죽기 전에."

"역시 노 변호사, 눈치 하나는 빠르군요."

"뭐, 그러니까 변호사를 하죠."

"노 변호사님은 눈치가 없는 것 같은데요?"

"그냥 제가 득도해서 그런 겁니다."

만일 자신이 미래에 대한 기억이 없는 현재 나이대로의 사람이었다면 아마 엠버의 손아귀에서 이리저리 놀아났을 것이다.

"원하는 게 뭡니까?"

"투자금을 늘려 줘요."

"네?"

"투자금을 늘려 달라고요. 이건 나 혼자 할 수 없는 일이에요. 더 많은 변호사를 고용해야 해요."

"음⋯⋯."

그건 쉬운 일이 아니다. 아무리 로스쿨이 넘쳐나고 노는 사람이 많다고 해도 기본적으로 변호사들은 아주 비싼 가격을 줘야 하는 인력들이다.

"그건 좀 무리입니다. 우리도 최대한 투자한 겁니다."

아무리 한국에서 돈을 많이 버는 새론이라고 해도 환율도 강하고 돈도 넘치는 미국에 투자하는 것은 쉬운 일이 아니다. 당장 이 사무실만 해도 한국에 있는 본사보다 훨씬 월세가 비싼 곳이다. 아무리 새론이 건물주를 구해 주고 싸게 얻은 거라고 해도 그 지역의 세는 약한 게 아니었다.

"새론 말고 적당한 투자자가 있잖아요."

그러면서 마치 더운 듯 슬쩍 블라우스를 여는 엠버.

'끄응…… 애초부터 목표는 나였구만.'

그런 엠버를 보면서 노형진은 혀를 내둘렀다. 아마도 어디선가 노형진이 부자라는 정보를 얻었을 것이다. 그래서 적극적으로 꼬시는 거고.

'내가 잠자리에 넘어가지 않을 거라는 사실은 알 테고.'

엠버는 유능한 변호사다. 노형진이 어떤 사람인지 모르지는 않을 것이다. 그럼에도 저런 식으로 분위기를 만드는 건 남상주를 배제하고 노형진과 이야기하고 싶다는 것. 그러니까 노형진에게 단독적으로 투자받고 싶다는 뜻일 것이다.

'그것도 나쁘지는 않은데.'

확실히 노형진은 고민이 많았다. 자신은 미국에서의 굵직굵직한 사건에 대해서 다 알고 있고 어떻게 싸워야 하는지도 알고 있다. 몇 개 정도만 이긴다면 회사의 이름을 알리는 건 일도 아닐 테고 엄청난 돈을 벌어 오게 될 것이다.

문제는 노형진은 한국인이라는 것. 그러니까 실질적으로 그곳을 지배하는 사람은 엠버가 될 거라는 것이다.

'자기 회사를 가지고 싶다 이거군.'

엠버는 눈치가 빨랐다. 이번 징벌적 손해배상의 금액은 상상을 초월한다. 그리고 이기게 된다면 새론은 엄청나게 막대한 돈을 벌어들이게 된다.

"좋습니다. 협상하죠. 단, 조건이 있습니다."

"조건?"

"한 번 더 블라우스 단추 풀면 협상 파기입니다."

"호호호호."

⚖

"의외군요."

노형진은 협상하면서 아무리 자신이 미래에 대해서 잘 알아도 예상치 못한 일이란 있을 수 있다는 것을 알 수밖에 없었다. 그녀가 추천해 준 변호사들이 생각했던 것과는 전혀 달랐기 때문이다.

"한때의 실수이지만 이들이 실력이 없는 건 아니지요."

"그렇긴 하지만……."

"그리고 솔직히 말해서 이 바닥은 실력이 다 아닌가요? 이들이 뭐라고 하든 간에 말이죠."

그 말에 노형진은 고개를 끄덕거렸다.

"그건 맞는 말이죠."

그건 노형진이 가장 잘 알고 있다. 미국에서 변호사 생활을 하면서 숱하게 겪었으니까.

"잭 같은 경우는 그 일만 아니었다면 아마 지금쯤 최고의 변호사 중 한 명이 되었을 거예요."

"그건…… 인정합니다. 하지만 멜리사는 솔직히 문제가 있지 않을까요?"

"알죠. 하지만 실력은 최고죠. 그러니까 자금 문제에 대해서만 통제하면 돼요. 월급을 우리가 관리한다는 조건만 달아도 쓸 만한 인재가 됩니다."

"흠……."

그녀가 추천한 변호사들은 한때 법조계에서 유명했던 사람들이었다. 하지만 어떤 사유로 인해서 나락으로 떨어진 사람들이기도 했다.

'과거의 처지를 기억하는 걸까?'

엠버 역시 원래대로라면 나락으로 떨어졌을 것이다. 그래서 그런지 엠버는 말은 뻔뻔하게 하고 있었지만 사실 한편으로는 이들에게 기회를 한 번 더 주고 싶어 하는 듯했다.

"잭은 마약 문제를 해결하고 재활 센터에서 나왔지만 현재는 노숙자로 있지요. 마약중독자 출신 변호사를 써 줄 사람이 없어서 그러고 있는 것이니 기회가 온다면 잡을 겁니다. 멜리사는 도박 문제가 있기는 하지만 월급 자체는 적게 주고 대신에 숙식과 생활 전반을 회사에서 지원하는 식으로 하면 도박하고 싶어도 못할 겁니다. 대출은 확실하게 못하게 하면

되고요."

"음……."

그 외에도 엠버가 추천한 사람들은 한순간의 실수로 인해서 나락으로 떨어진 사람들이었다. 하지만 다시 한 번 기회를 잡는다면 다시 날아오를 수 있는 사람들.

'이거 제대로 구성된다면…… 살벌하겠는데.'

한 명 한 명이 다른 변호사 기업에서 메인 변호사를 할 정도의 실력을 가진 사람들이다.

"좋아요. 그렇게 하지요. 일단 이렇게 다섯 명만 더 뽑아요."

"일단?"

"설마 고작 이걸로 미국 법조계를 제패하시려고요?"

"하아?"

노형진은 이야기를 듣다가 고개를 흔들었다.

'하긴 이런 여자지.'

야심이 있고 능력 있고 또한 무기를 휘두를 줄도 안다. 그저 그런 변호사로 남기에는 너무 아까운 사람이었다.

'기회도 잡을 줄 알고 말이야.'

노형진은 그녀를 보면서 고개를 끄덕거렸다.

"좋습니다. 일단 이렇게 하죠. 그럼 이제 뭘 해야 하죠?"

"일단은……."

엠버는 씩 웃었다.

"사람을 찾아야지요. 그런데 어디에 있는지 모르겠네요.

<u>호호호</u>."

"여기 있는 거 확실합니까?"

"네, 소문에 따르면 말이지요."

슬럼가. 그리고 그런 슬럼가 중에서도 가장 안쪽 고가도로 아래쪽에 만들어진 작은 움막들. 노형진은 그런 곳을 들어가면서 코를 막았다.

"이런 곳에 그 잭이라는 변호사가 있을까?"

심지어 남상주조차 코를 막으면서 얼굴을 찡그릴 정도였다.

"그럴 수도 있죠. 미국은 워낙 극단적이니까요."

한국도 마찬가지지만 미국 역시 극단적인 자본주의 국가다 보니까 한번 무너지면 재기하는 것이 쉬운 일이 아니다. 더군다나 변호사라는 직업 특성상 한번 몰락한 사람에게는 다시 사건을 주는 경우는 드물다.

"이런 곳에 있는데 믿을 만하겠어?"

"그래서 더욱 믿을 수 있을걸요? 제가 알기로는 잭은 재기를 위해서 사력을 다하고 있다고 들었어요. 만일 기회를 준다면 여느 때보다 더 노력할 거예요."

"재기하려고 노력한다고? 이런 상황에서?"

남상주는 고개를 갸웃했지만 다음 말에 납득할 수밖에 없었다.

"저기 오네요."

"아…… 인정할 수밖에 없군."

그럴 수밖에 없는 게 저 멀리 이 상황에 어울리지 않는 남자가 나타났기 때문이다.

단정한 머리, 깔끔한 정장. 이 노숙자들이 사는 곳에 어울리지 않는 모습이었다. 단정한 머리는 누가 봐도 무스로 만든 거고, 정장은 어디서 구한 건지 모르겠지만 그의 체구보다 한 사이즈 더 커 보였으며, 구두는 오래되어서 본래의 광택을 잃어버린 상태라는 게 문제이지만 말이다.

'면접을 보고 오는 모양이군.'

딱 봐도 그는 어디선가 면접을 보고 오는 모양새였다. 사실 노숙자로서 저런 옷을 구하는 것이 쉬운 일은 아닐 것이다. 그런데 그런 걸 구해서 면접까지 보러 다니고 있으니 재기에 대한 열망이 여느 때보다 강하다고 할 수 있었다.

'물론 그게 다는 아니지만.'

노력은 했다지만 얼굴에는 절망감이 가득했다. 면접에서 떨어졌다는 소리이다. 뻔하다. 마약중독자 출신의 변호사에 현재는 집도 없는 변호사를 어떤 미친놈이 써 주겠는가?

"잭?"

엠버가 말을 꺼내자 잭은 고개를 돌려서 그녀를 바라보고는 묘한 표정이 되었다.

"구경하러 왔나?"

"네?"

"가끔 전 라이벌들이 구경하러 오더군. 적선이랍시고 몇 푼 던져 주면서 말이야."

"그래요?"

"뭐, 사양하지는 않지. 지금의 나는 한 푼이 아쉬우니까. 가능하면 구두를 하나 사 줬으면 좋겠는데? 이거 수명이 간당간당하거든."

하긴 그렇게 잘나가는 변호사였다면 라이벌도 많고 적도 많을 것이다. 사실 그가 마약에 빠진 것도 그런 상황이 주는 정신적 중압감을 버티지 못한 탓이었다.

'확실히 재기했군.'

노형진을 그걸 보면서 인정할 수밖에 없었다. 자존감이 있는 사람이 아니면 저렇게 말할 수 없다. 자존감이 낮아 자존심만 남은 사람이라면 화내면서 자리를 피했을 테니까. 그럼에도 불구하고 스스로를 낮추면서, 아니 구걸까지 하면서 재기에 대한 욕망을 불태운다는 것은 스스로 인정할 능력이 된다는 뜻.

스스로 자신을 인정한다는 것은 자신을 냉철하게 보지 않으면 상당히 힘든 일이니 마약에 찌든 사람들이라면 절대 불가능한 일이다. 그래서 중독자 치료의 첫 단계가 자신이 중독자라는 것을 인정하는 것이라고 할 만큼 힘든 게 자신에 대한 객관적 인정이다.

"그건 아니에요."

"그래, 아쉽군. 그럼 구경은 그만하고 돌아가 줬으면 하는데. 주민들이 불편해하잖아."

하긴 그럴 수밖에 없다. 누가 봐도 대단해 보이는 양복을 입은 사람들이 무장한 경호원까지 데리고 와서 보고 있으니 노숙자들이 편할 리 없다.

"그건 싫은데요. 저도 나름의 일이 있어서 말이지요."

"일?"

"그래요, 잭. 내 아래서 일해 볼 생각 있어요?"

"뭐?"

잭은 갑작스러운 제안에 어안이 벙벙한 얼굴이 되었다. 지금까지 수많은 변호사 사무실에서 면접을 봤지만 자신을 쓰려고 한 곳은 없었다. 심지어 일반 기업조차 노숙자라는 사실을 알고 면접도 보기 전에 내쳤다. 그런데 자신에 대해서 가장 잘 아는 사람 중 한 명이자 라이벌인 사람이 함께 일하자고 한다.

"너와는 그다지 좋은 관계는 아닐 텐데?"

"알죠. 당신은 제 가장 강력한 라이벌 중 한 명이니까요. 하지만 그렇기 때문에 제가 당신이 대해서도 잘 알죠. 아마 당신 마누라보다 훨씬 더 잘 알걸요?"

그 말에 잭의 표정이 미묘하게 떨렸다. 그가 이렇게 재기하기 위해서 노력하는 것. 그건 자신 때문에 나락으로 떨어진 아내와 아들에게 돌아가기 위해서였다.

"그래서 당신이 재기에 성공할 거라고 믿어요. 그렇다면 쓸데없이 강한 적이 재기하기를 기다리는 것보다는 차라리 내 아래에 두는 게 훨씬 낫죠."

그 말에 노형진은 피식 웃었다. 맞는 말이기는 하다. 한 가지만 빼고.

'원래는 재기를 못 하지만.'

그 정도로 유명한 변호사가 재기했다면 노형진이 기억할 것이다. 하지만 기억하지 못한다는 건 재기에 실패했다는 뜻이다.

"음……."

"싫은가요?"

잭은 잠시 고민하다가 입을 열었다.

"그럼 보스라고 불러야 할까?"

"원하는 대로요, 잭."

엠버는 미소를 지었다.

"저는 도박 중독자입니다."

한국에 없는 미국의 독특한 문화. 그건 다름 아닌 중독자 클럽이다.

중독자 클럽이라고 해서 중독된 사람끼리 친목을 다지는 곳은 아니다. 도리어 그 중독에서 벗어나기 위해서 서로가 서로에게 힘이 되어 주고 멘토가 되어 주는 곳이다. 엠버는 그곳 너머에서 멜리사를 바라보고 있었다.

"일단은 잘 나오고 있네요. 솔직히 안 나온다면 포기하려고 했거든요."

창문 너머에서 자기 이야기를 담담하게 하는 멜리사. 그녀는 과거의 화려한 명성에 어울리지 않게 초췌하고 피곤한 얼굴이었다.

"요즘은 뭐하고 지낸다고 합니까?"

"햄버거집에서 햄버거를 굽고 있다고 들었어요."

"잭보다는 나은 편이기는 하지만."

그래도 여전히 바닥의 삶이기는 하다. 하긴 도박 중독이 있던 사람이 할 수 있는 일은 그다지 많지 않다. 아무리 불쌍하게 여겨서 고용해 준다고 해도 돈이 관련된 일을 담당시키지는 않을 테니까.

"그런데 도박을 확실하게 끊은 거 맞습니까?"

"모르죠."

확실히 재기의 의사가 드러나는 잭과 다르게 멜리사는 왠지 모르게 포기한 듯한 멍한 표정이었다.

"잭하고는 좀 다르죠. 잭은 돌아가야 할 이유가 있으니까요."

잭은 노력형 천재라면 멜리사는 타고난 천재다. 그래서 잭이 늦게 성공했고 가족이 있는 반면 멜리사는 성공이 빨랐던 대신에 가족이 없었다. 부모님은 돌아가셨기에 가족이 없는 그녀로서는 재기해야 한다는 절박함이 없었던 것이다.

"절박함이 없다면 재기가 쉽지는 않을 텐데?"

"그게 문제이긴 하죠. 하지만 제가 얼마 전에 새로운 이야기를 들었어요. 그래서 멜리사를 멤버로 고른 거예요."

"이야기?"

"기다려 봐요. 그 이유가 곧 알게 될 테니까."

그 말에 노형진은 조용히 기다렸고 잠시 후 그 이유가 뭔지 알 수 있었다.

"멜리사!"

"캐빈!"

저 멀리서 다가오는 한 남자. 건장한 체격에 검은 머리를 가진 남자는 멜리사에게 다가오면서 미소를 보였다.

"잘 끝났어?"

"응."

"그럼 이제 점심 먹어야겠네. 한스 아저씨네로 갈까? 오늘 시나몬 파이가 맛있게 나왔다고 하던데?"

"나야 좋지."

"야간 근무에 늦는 거 아냐?"

"아니야. 시간 충분해."

그렇게 팔짱을 끼고 총총걸음으로 멀어져 가는 두 사람을 보면서 노형진은 고개를 갸웃했다.

"남자?"

"그렇지요. 솔직히 의외지만 말이에요."

콧대 높고 능력 있는 멜리사가 남자에게 기댈 거라고는 누구도 예상하지 못했기 때문에 노형진은 어리둥절한 얼굴이 되었다. 노형진이 본 기록에 따르면 이런 일반적인 삶을 살아가는 사람을 만날 만한 사람은 아니었던 것이다.

"신기한가 보네요?"

"솔직히 그렇습니다."

사람은 쉽게 변하는 게 아니다. 그런데 한때는 천재라 불리던 변호사가 햄버거 가게에서 햄버거를 구우면서 평범하다 못해서 무난하다고 할 만한 사람을 만난다는 건 의외였다.

"캐빈은 자동차 정비공이에요."

"그런데 어쩌다 만난 겁니까?"

"저도 자세한 건 모르지만 멜리사의 차를 봐 주면서 알게 된 모양이더라고요."

그녀는 완전히 몰락하고 난 후 버티기 위해서 모든 것을 줄여야 했다. 그중에는 그녀가 타던 좋은 독일 차도 포함되었기 때문에 그녀는 그걸 팔고 오래된 중고차 하나를 구입해서 타고 다녔는데, 아무래도 오래된 차다 보니 말썽이 많아 그에게 맡겼다가 친해진 것이다.

"음…… 왜 그러세요?"

엠버는 심각한 얼굴이 된 노형진을 보면서 고개를 갸웃했다.

"멜리사가 능력이 안 된다고 생각하세요? 멜리사는 능력이 충분해요."

"아니요. 그게 아닙니다. 능력이 충분하다는 건 엠버 님이 보증하셨으니 인정하겠습니다만 문제는 멜리사라는 분이 다시 이쪽으로 오실지는 모르겠다는 거죠."

"네?"

엠버는 노형진의 말에 고개를 갸웃했다.

한때 최고의 자리에 있던 그녀다. 더군다나 사랑하는 사람이 생겼다. 그런 상황에서 재기할 수 있는 기회가 왔는데 거절할지도 모른다니?

"그다지 가능성이 높다고 생각하지는 않습니다."

"네?"

더군다나 돌아올 가능성이 높지 않을 거라고 하자 그녀는 어리둥절해졌다.

"그럴 리가요."

"그럴 리가 있습니다. 인간이란 감정에 상당히 예민하더군요. 특히 사랑이라는 감정은 말입니다."

"네?"

"일단 두고 보시면 압니다. 하지만 멜리사가 안 들어올 경우에 대한 대책도 생각해 봐야겠군요."

이것이 법이다

그 말에 엠버는 모두지 이해할 수 없다는 표정이 되었다.

⚖

"죄송해요. 전 다시 변호사 생활을 하고 싶지 않네요."

"에엑!"

아니나 다를까, 멜리사는 거절의 의사를 밝혔고 예상치 못한 그녀의 거절에 엠버는 이상한 소리를 낼 정도로 놀랐다.

'허허, 처음으로 저 여자가 당황하는 것도 보는군.'

노형진은 그런 그녀가 당황하는 것조차 신기했다. 그녀는 당황하는 경우가 거의 없었기 때문이다. 하긴 지금의 상황이 당황스럽기는 할 것이다.

"진심이에요, 멜리사? 이번 기회만 제대로 잡으면 다시 유명한 변호사로 자리를 잡을 수 있을 거예요. 당연히 탄탄대로가 펼쳐질 거구요. 그런데 싫다뇨?"

"전 그쪽으로 다시 가고 싶지 않아요. 죄송합니다."

허름한 집의 문이 닫히자 엠버는 어이가 없는 얼굴로 그곳을 바라보다가 노형진을 바라보았다.

"아니, 왜 거절한 거죠? 나쁜 기회가 아닌데요?"

뭘 달라는 것도 아니고 보증을 서라는 것도 아니다. 그저 제대로 능력을 발휘해서 일해 주기만 하면 된다. 그녀가 가장 잘하는 것을 말이다. 그런데 거절하다니.

"제가 말했잖습니까, 사랑이라는 감정은 복잡하고도 미묘한 것이라고."

"그게 무슨 소리예요?"

"멜리사는 캐빈이라는 사람을 사랑합니다. 보아하니 캐빈이라는 사람도 멜리사에게 마음이 있고요. 그런데 그들이 서로 전혀 다른 세계의 사람이라면 어떨까요?"

"서로 다른 세계의 사람이라니요?"

"같은 하늘 아래에 있다고 해서 같은 세계의 사람인 건 아닙니다."

누군가는 매달 백몇만 원을 받으면서 살아가고 누군가는 그 사람 한 달 월급을 여자 가슴에 꽂아 주면서 살아간다. 같은 사람이기는 하지만 그들이 사는 세계는 전혀 다르다.

"더군다나 지금 캐빈이 아는 멜리사는 햄버거를 굽고 착실하게 살아가려고 노력하는 사람입니다. 한때 잘나가는 변호사였다는 사실을 안다면 당연히 거리감을 느낄 겁니다. 아시다시피 미국에서 변호사에 대한 인식은 그다지 좋지 못하잖습니까?"

"그래서 자기의 미래를 포기한다는 거예요?"

"네."

아마도 야심이 강한 엠버는 이해하지 못할 감정일 것이다.

'하지만 그런 면에서 탐나는 인재이기는 한데.'

그녀는 그걸 받아들였을 때 벌어질 사태를 알고 있는 것이다.

'선견지명이라.'

타고난 천재라고 하더니 그 말이 사실이기는 한 모양이다. 일반인이라면 볼 것도 받아들였을 조건을 거절했으니까.

"어쩌죠? 다시 한 번 설득해야 하나요?"

엠버는 안타까운 얼굴이 되었다. 하긴 저런 선견지명을 타고난 변호사는 찾는 게 쉬운 것이 아닐 테니까.

"아니요. 이건 우리가 나설 일이 아닙니다. 그들이 해결해야 할 일이지요."

"그럼 물러나자고요?"

그 말에 피식 웃었다.

'저런 인재라면 쉽게 포기할 수 없지.'

엠버가 야심이 있다면 자신은 인재에 대한 욕심이 있다. 그가 봤을 때 멜리사는 포기하기에는 아까운 인재였다.

"물러나지는 않습니다. 하지만 쉽게 포기할 수도 없지요."

노형진은 씩 웃었다.

⚖️

"그 말이 사실인가요?"

멜리사의 이야기를 들은 캐빈은 얼굴이 딱딱하게 굳었다. 과거에 그녀가 무슨 일을 했는지는 모른다. 하지만 그녀는 과거에 도박 중독에 빠진 적이 있었기에 캐빈은 자세한 이야기는 묻지 않았다.

"사실입니다. 그녀는 변호사였습니다, 그것도 아주 유능한."

"그런데 왜 거절한 겁니까?"

캐빈의 입장에서는 재기의 기회를 잡을 수 있는 제안을 거절한 멜리사의 감정이 이해되지 않았다.

"그건 당신 때문입니다."

"저 때문에요?"

"네, 당신은 변호사인 멜리사를 모릅니다. 전혀 다른 세계에 사는 전혀 다른 사람이라고 봐도 무방하지요. 그런데 만일 그런 일이 벌어진다면 과연 당신은 멜리사를 계속 바라볼 수 있을까요?"

"……."

그 말에 캐빈은 침묵을 지켰다. 확실히 자신이 아는 멜리사는 햄버거집에서 햄버거를 만들면서 착실하게 노력하는 사람이지, 정장을 입고 법원으로 재판하러 가는 사람이 아니다.

"물론 우리는 강제하고 싶지 않습니다. 하지만 이 부분은 아셔야 합니다. 사랑은 서로에게 도움이 되어야 하는 거지, 누군가의 미래를 막는 것은 아니라는 것 말입니다."

"지금 저보고 헤어지라는 건가요?"

"그런 막장 같은 요구는 하지 않습니다. 그럴 권한도 없구요."

"막장?"

"아, 그런 게 있습니다, 한국에서 쓰는 표현이라."

한국에서 툭하면 돈을 주며 헤어지라는 이야기가 많이 나오다 보니 말실수를 한 노형진은 머쓱하게 웃었다.

"하지만 진지하게 멜리사 씨와 이야기해 보라고 하고 싶습니다. 도박 중독자였던 멜리사를 받아들인 것도 접니다. 그렇다면 변호사로서의 멜리사도 받아들일 수 있다고 생각합니다만."

"……."

하긴 그것도 틀린 말은 아니다.

"다만 당신이 변하지 않는다는 확신이 필요합니다."

"확신?"

"그녀를 믿어 주고 함께해야지, 그녀가 변호사로 잘나간다고 그걸 이용하는 사람이 되어서는 안 된다는 뜻입니다."

"대충 알 것 같습니다."

그런 일은 흔하다. 한 명이 돈을 잘 벌면 한 명은 그걸 이용해 먹으려고만 한다.

"전 그럴 생각이 없습니다. 전 정비공이고 언젠가 제 정비 공장을 차리는 게 꿈이기는 하지만 그러기 위해 제가 사랑하는 사람의 미래를 막고 싶은 생각은 없습니다."

"그렇다면 다행이고요. 한번 진지하게 말씀을 나눠 보십시오."

노형진은 캐빈에게 사정을 이야기하고 나오자 엠버가 걱정스러운 얼굴로 따라 나왔다.

"과연 이런다고 우리 쪽에 오려고 할까요?"

"그건 그들의 선택이지요. 오지 않는다 해도 별수 없고요."

자신들은 그저 기다리는 것 말고는 아무것도 할 수 없었다.

⚖️

"수고하셨습니다."

깔끔하게 정장을 입은 잭이 나가자 엠버는 한숨이 나왔다.

"안 왔군요."

잭은 정식으로 출근하기로 했고 엠버는 그런 잭에게 그에게 어울리는 정식 슈트를 맞춰 줬다. 다른 사람들 역시 기회가 오자 주저하지 않고 손을 잡았다. 오지 않은 사람은 멜리사뿐이었다.

"별수 없죠."

노형진은 어깨를 으쓱했다. 아무리 노력해도 안 되는 것이 있다는 것을 그는 알고 있었다.

"추가적으로 사람을 뽑으실 생각인가요?"

"일단은 이 멤버로 해 보고요. 딱히 추가할 멤버를 생각한 적이 없어서요. 하지만 멜리사처럼 통찰력이 있는 사람은 흔하지 않아서……."

엠버가 아쉬워하는 그때였다. 문이 열리면서 한 여자가 들어왔다. 엠버는 그런 그녀를 보고 깜짝 놀랐다.

"멜리사?"

"제가 늦었나요?"

"좀…… 늦기는 했죠. 그런데…… 복장이?"

"죄송합니다. 그동안 햄버거만 먹었더니 살이 쪄서 옷이 안 맞아서요. 다시 고쳐 입느라 늦었습니다."

깔끔한 정장을 입고 있는 그녀는 안경을 쓰고 손에는 서류 가방이 들려 있었다.

"결심하신 겁니까?"

"네, 솔직히 제 사정을 멋대로 말한 것은 기분 나쁘지만요."

"그 부분은 죄송합니다. 우리도 그러고 싶지는 않았습니다만."

"하지만 덕분에 많은 이야기를 했어요. 캐빈이 그러더군요. 어떤 옷을 입고 어디서 일하더라도 전 저고 그는 그라고."

노형진은 그녀를 바라보다가 싱긋 웃었다.

"축하드려야겠군요."

"뭘요?"

"손에 있는 거 말입니다."

그녀의 왼손 약지에 껴 있는 반지를 발견한 노형진은 미소를 지었다. 그리고 멜리사 역시 미소를 지었다.

"이제는 멜리사 윌리엄스라고 불러 주세요. 아직 정식으로 결혼식을 올리지는 못했지만 혼인신고는 했거든요."

"환영합니다, 멜리사 윌리엄스."

노형진은 그녀에게 악수를 건넸고 엠버는 만족스러운 얼굴이 되었다.

"남은 건 로펌의 이름을 만드는 건데요. 뭐가 좋을까요? 제1 투자자는 노형진 씨지만 그 이름을 쓰기에는 여기서는 발음이 그다지 안 좋은데요."

보통은 이름으로 로펌 이름을 짓지만, 제1 투자자인 노형진의 이름은 아무래도 미국인들이 발음하기 좋지 않았다.

"적당한 이름이 있습니다."

"어떤?"

"드림."

"드림?"

"네, 드림. 꿈. 말 그대로 드림 팀이니까요."

그렇게 미국에서 가장 강력한 소송 팀이 만들어졌고 그로 인해 미국은 일대 지각변동을 일으키게 된다.

이것이 법이다

감춰진 진실들

　드림 로펌의 첫 번째 사건은 당연히 미국 정부에 대한 소송이었다. 그것도 무려 징벌적 손해배상을 청구하는 소송. 그리고 미 주둔군에 대한 소송이라는 점에서 언론사들의 관심은 엄청났다.

　"역대급 관객이라고 해야 하나?"

　남상주는 기다리고 있는 엄청난 수의 기자들을 보면서 혀를 내둘렀다.

　"긴장됩니까?"

　"긴장이 안 될 수가 있나. 비록 내가 직접 나서는 것은 아니라고 해도 상대방을 보게."

　한국처럼 공신력 없는 기자들이 아니라 이 시대의 기자의 양심이라고 할 만한 곳들이 대거 포진한 미국의 유명 저널들이 기자들을 파견해서 취재하고 있으니 아무리 경험이 많은 남상주라고 할지라도 침을 꿀꺽 삼킬 수밖에 없었다.

"그만큼 관심이 많을 수밖에요."

주한 미군의 조직적인 범죄 은폐에 대한 손해배상은 처음이다. 문제는 주한 미군뿐만 아니라 전 세계에서 미군이 주둔하는 곳은 대부분 같은 규정을 이용해서 범죄자를 빼돌려 왔다는 것이다. 다른 점은 다른 나라들은 빼돌리더라도 적당한 합의금이나 위로금을 주는 반면, 한국은 한국 정부의 적극적인 은폐와 그걸 이용하고자 하는 미국의 태도 때문에 제대로 손해배상이 이루어진 적이 없다는 것.

"이 사건은 중요합니다. 이번 사건이 성공해야 드림 로펌이 자리를 잡을 수 있습니다."

야심차게 시작했는데 초장부터 망해 버리면 누가 일을 맡기겠는가? 더군다나 드림 로펌은 변호사들이 재기를 위해 만든 집단이다. 그래서 그 능력에 대해서도 말이 많은 상황.

"여러 가지로 우리의 미래가 달려 있군."

"그렇지요."

4,600억. 소송에서 이긴다면 200억이 드림 로펌의 몫이며 새론의 몫은 1천억이다. 나머지 3,400억은 피해자들에게 돌아갈 돈이다. 그리고 그동안 한국에서 벌어지던 미군 범죄에 대한 징벌이 될 것이다.

"저기 온다!"

기자들은 기다리고 있다가 차가 도착하자 몰려들었다. 거기에는 드림 로펌의 변호사들이 타고 있었다.

"대단하군."

"한국과는 다르죠. 달리 소송의 천국이라 불리는 게 아닙니다."

한국은 언론 플레이라고 하면 그저 소식을 뿌리는 정도가 다다. 아니면 기자회견을 하거나. 그러나 미국은 재판정에 들어가는 순간부터 모두 기사화된다. 특히 국가를 대상으로 할 때는 말이다.

"우와."

차에서 줄줄이 내리는 드림 로펌의 변호사들은 면면이 화려했다. 그중에서 최고는 역시 엠버였다. 그녀는 평소보다 훨씬 단정하면서도 섹시해 보이는 옷을 입고 자신의 존재감을 과시하고 있었다.

'끄응…… 내가 미쳤지.'

옷도 무기라는 그녀의 주장에 수긍한 노형진은 법인 자금으로 옷을 사라고 했는데 그녀는 최고 디자이너의 명품을 산 것이다.

'근데 부정은 못하겠어.'

아니나 다를까, 그녀가 나서는 순간 아까와는 비교도 하지 못할 정도로 카메라 플래시가 터지기 시작했다. 그녀에 대한 그런 우호적인 사진이 이 사건에 영향을 줄 건 불 보듯 뻔한 일이었다.

"이번 사건은 우리 자랑스러운 미국의 부정을 보여 주는 사건입니다. 수많은 미군들이 해외에 나가서 목숨을 걸고 자유와 민주주의를 지키기 위해서 노력하고 있습니다. 그들은 자신을 희생하여 우리 미국의 가장 위대한 정신을 지켜 가고 있습니다. 그런데 그동안 미국 정부는 일부 잘못된 미군들의 범죄행위를 감추고 또한 우리의 우방국들에게 그 책임을 전가하면서 대다수의 사람들이 목숨을 걸고 지켜 온 우리 미국의 정신을 훼손하고 있습니다……."

그녀의 말을 들으면서 노형진은 고개를 끄덕거렸다.

'확실히 능력이 있어.'

미국은 역사가 짧다. 그로 인해 미국인들은 약간 트라우마 비슷한 것이 있다. 그러다 보니 미국에서 가장 중요하게 생각하는 것이 바로 미국의 정신이다. 그녀는 정확하게 그 부분을 노리고 있었다.

"우리는 그들이 희생하여 지킨 정신을 지키기 위해서 끝까지 싸울 것입니다."

마지막 말이 끝나자마자 안으로 들어가는 변호사들. 남상주는 그걸 보면서 입맛을 다셨다.

"확실히 한국하고는 다르군."

"그게 현실이죠."

한국에서 변호사가 기자들에게 쫓겨서 안으로 들어갈 때는 대부분 부자들의 변론을 담당하면서 최대한 말을 아끼기 위해서다. 그런데 저들은 그러지 않고 끝까지 당당한 모습을 보이고 있었다.

"현실과 타협해서 부자들만 지키는 한국의 많은 변호사들은 반성해야 합니다."

물론 미국에도 그런 변호사들은 넘친다.

'그런 놈들이야 뭐…….'

하지만 한국처럼 인맥과 학연을 바탕으로 끼리끼리 뭉치는 경우는 드물다.

"일단 우리도 들어가죠. 재판은 이제부터 시작이니까요."

미국이라는 낯선 땅에서 대한민국의 사람들을 위한 싸움이 시작되었다.

⚖

"정부 대 미군범죄피해자협회의 재판을 시작하겠습니다."

미국은 한국과 다른 점이 많다. 그중 하나가 바로 사건에 이름을 붙이는 것이다. 물론 한국처럼 사건 번호를 붙이기는 하지만 그것보다는 원고와 피고의 이름을 붙여서 '누구 대 누구'와 같은 식으로 표현하는 것을 더 좋아하는 편이다.

"걱정되네요."

엠버는 침을 꿀꺽 삼켰다. 이번 사건은 자신이 한 번도 해 본 적이 없는 큰 사건이다. 다른 사람들 역시 긴장한 얼굴이 되었다.

"긴장하지 마세요. 사건은 커 봤자 결국 듣는 사람은 한정 되어 있습니다."

"말 참 잘하네요."

"하하하."

노형진과 남상주는 미국의 변호사가 아니기 때문에 재판 에 참가할 수가 없다. 하지만 그 대신에 그들의 바로 뒤에서 이런저런 어드바이스를 해 주기로 했다.

"노 변호사님은 미국에서 생활한 적도 없다면서 미국에 대 해서 잘 아시는 것 같아요."

"뭐, 공부를 했지요."

"실무를 공부로 배울 수 있는 건 아닌데요?"

날카로운 그녀의 말에 노형진은 그저 미소로 답할 뿐이었다.

"뭐, 세상에는 그런 사람도 있는 법이니까요. 자, 실전입 니다."

"네."

드디어 원고 측 발표 시간이 되자 엠버는 앞으로 나서서 사건 기록을 보여 줬다.

"여러분, 이것이 뭔지 아십니까?"

그 말에 사람들의 시선이 그녀가 들고 있는 종이로 향했다. 서른 장은 되어 보이는, 한 손에 들고 있는 것으로도 버거워 보이는 종이 뭉치였다.

"이건 그동안 미군이 대한민국이라는 최고의 우방국에서 벌인 범죄에 대한 기록입니다. 최대한 간략하게 적었음에도 불구하고 이렇게 많은 양의 범죄들이 대한민국이라는 우방국에서 벌어졌습니다."

사람들은 그걸 보면서 놀랐다. 최대한 간략하게 적었는데 무려 서른 장이 넘는다니. 물론 더 간략하게 적는 식의 편법도 가능하다. 하지만 노형진은 그렇게 하지 않았다.

'양이 많아 보여야 유리해.'

사건이 적은데 소송을 걸었다고 하면 미국 극우 언론들은 좋게 보지 않을 것이다. 당연히 사건이 많은 것처럼 보여야 그들도 쉽게 공격하지 않는다. 실제로 사건이 많기도 하지만 말이다.

"대한민국은 우리의 최고 우방국입니다. 그들은 우리와 함께 자유민주주의를 지키고 있습니다. 그럼에도 불구하고 주한 미군은 그곳 국민들을 대상으로 이러한 범죄를 저지르고 있습니다. 물론 그 부분은 어찌 보면 당연하다 할 수 있습니다. 인간이 있는 곳에 범죄가 없을 수는 없으니까요. 하지만 그 범죄를 개인이 저지르는 것과 한 국가가 나서서 은폐하는 것은 전혀 다릅니다. 이 기록을 봐 주십시오. 지난 10년간 대한민국에서 벌어진 주한 미군의 범죄에 대한 기록입니다. 지난 10년간 대한민국에서 3,200개 정도의 범죄행위가 이루어졌습니다. 그에 반해 한국 내에서 해당 범죄에 대해 처벌한 것은? 없습니다. 네, 단 한 건도 없습니다. 이해가 가십니까? 3,200개의 범죄가 벌어졌는데 단 한 명의 가해자도 없다는 게?"

그 말에 사람들은 얼굴을 찌푸렸다. 그건 상식적으로 이해가 가지 않는 일이기 때문이다. 물론 그 안에는 SOFA라는 복잡한 문제가 있지만 대부분의 미국인들은 그걸 모른다. 최고 우방이니 동맹이니 하지만 결국 그들에게는 변방의 작은 나라일 뿐이다.

"그들은 그 많은 피해를 입으면서도 묵묵히 우리와의 동맹을 이어 왔습니다. 그들은 우리를 믿고 우리 아메리카의 정신을 믿었기 때문입니다. 그러나 우리는 그들을 그리고 우리의 정신을 버렸습니다. 수많은 범죄의 희생자들을 고의적으로 무시하고 범죄를 은폐하였으며 또한 지속적으로 범죄자들을 도피시켰습니다. 이는 절대로 용납될 수 없는 행동입니다."

한참이 지나고 난 후에 엠버는 말을 마치고 자리로 돌아왔다. 노형진은 몸을 바짝 숙여서 그녀에게 칭찬했다.

"잘하던데요."

"생큐. 그런데 이렇게 약하게 해도 됩니까?"

"약하다니요. 이게 다 전략입니다. 원래 쥐도 도망갈 구멍을 만들어 놓고 몰아야 하는 법이지요."

"한국 속담인가요?"

"네."

"흠."

엠버가 말을 마치고 나온 사이, 미국 측 변호인은 나서서 아는 대로 변론하기 시작했다.

"친애하는 배심원 여러분, 그리고 미국의 국민 여러분. 원고의 말은 사실이 아닙니다. 확실히 수천 건의 범죄가 발생한 것은 맞습니다. 그러나 그에 대한 처벌이 이루어지지 않았다면 과연 대한민국이 우리와 동맹을 유지하고 있을까요? SOFA 규정에 따르면 주한 미군의 범죄에 대한 우선적인 관할권은 미국에 있습니다. 그 때문에 우리는 미군에 대한 처벌을 스스로 한 것뿐이지, 원고 측의 주장처럼 범죄를 은폐할 목적으로 움직인 것이 아닙니다."

그의 방어는 지극히 정석적이었고 깔끔했다. 감정에 호소하는 듯한 엠버에 비해서 규정과 서류에 근거한 그의 방어법은 확실히 사람들이 많이 믿을 만한 이야기 같았다.

"잘하네요."

하지만 노형진은 걱정하는 얼굴이 아니었다. 사실 그럴 수밖에 없다. 저쪽에서 그렇게 나온다는 것쯤은 알고 있으니까.

"좋습니다. 다음 작전 아시죠?"

"네."

노형진이 첫 번째 공격에서 가볍게 잽만을 날리라고 한 것은 그것을 반격하기 위한 미끼로 쓰기 위해서였다.

"이상입니다."

노형진과 엠버가 짠 함정은 간단했다. 그들이 SOFA 규정을 들고 운운하게 만드는 것. 애초에 이 소송은 개개인에 대한 소송이 아니다. 개개인의 소송과는 별개로, 이건 미국 정부가 잘못한 것에 대한 소송인 것이다. 그렇기 위해서는 잘못되었다고 자신들이 말하는 것보다 잘못된 규정이 저들의 입에서 나오게 하는 것이 효과가 더 좋다.

"이상입니다."

정부 측 변호인이 들어가자 재판관은 원고 측을 바라보았다. 할 말이 있느냐는 것이었다.

"가세요."

"그러지요."

깔끔하게 정장을 입은 잭은 넥타이를 만지작거려 깔끔하게 정리하고 난 후 자리에서 일어났다.

"친애하는 재판장님."

이번 공격을 담당하게 된 그는 천천히 주변을 바라보았다.

"피고 측의 주장은 잘 들었습니다. 규정대로 한 것이다. 법대로 한 것이다. 상부에서 시켜서 한 것이다. 네, 다 맞는 말입니다. 그런데 말입니다, 그 규정이라는 것이 완벽한 것일까요?"

"……?"

이것이 법이다

고개를 갸웃하는 사람들. 잭은 천천히 걸으면서 사람들에게 나지막하게 말을 했다.

"규정이라는 것은 결국 인간이 만든 것입니다. 따라서 때로는 그걸 잘못 만들 수도 있죠. 혹은 근시안적인 생각으로 만들 수도 있습니다."

천천히 움직이면서 나지막한 목소리로 설득하는 것. 그것이 잭을 이 자리에 올라오게 만들어 준 기술 중 하나였다. 그는 사람을 설득하는 것에 능숙하기 때문이다.

"우리는 그에 대해서 알아야 할 것이 있습니다. 우리는 미국이라는 나라의 정신을 지키기 위해서 잘못된 것과 싸워 왔다는 것을 말입니다."

"잘못된 것?"

"SOFA 규정의 뭐가 잘못되었다는 것입니까?"

상대방의 항의에 잭은 그 변호사를 바라보았다.

"당신은 2차 대전에 대해서 아십니까?"

"......?"

갑자기 2차 대전에 대해 이야기하자 사람들은 고개를 갸웃했다. 그걸 모르는 사람이 있을 리 없지 않은가? 막말로 어지간히 제대로 된 문명사회에서 살아가는 사람이라면 당연히 대해서 알 것이다.

"그럼 2차 대전이 끝나고 벌어진 전범 재판에 대해서도 아십니까?"

"그거야 당연히 알지요."

"그럼 그 당시에 가장 많이 나온 변명이 뭐라고 생각하십니까?"

"그거야……."

말을 하려던 상대방 변호사는 입을 다물었다. 하지만 학교에서 2차 대전에 대해서 배운 사람들은 어떤 변명이 나왔는지 알고 있었다.

"여러분들은 아십니까, 그들이 가장 많이 한 변명을?"

"위에서 시켰다고 하는 거였죠."

누군가의 대답. 잭은 고개를 끄덕거렸다.

"맞습니다. 전범 재판 당시에 가장 많이 나온 변명이 위에서 시켰다는 것이었습니다. 그리고 다음으로 많이 나온 변명은 사회가 그랬다는 것이었죠. 우리는 2차 대전 당시 수많은 목숨을 잃었습니다. 독일은 그 당시 엄청난 수의 유태인들과 집시들을 죽였습니다. 그리고 그건 그 당시 독일의 법률에 의한 결과였습니다. 그럼 피고 측 변호인에게 묻겠습니다. 그 당시 그 법이 올바른 법이었습니까?"

"아…… 아니요……."

대답하면서 피고는 이를 빠드득 갈았다. 미치지 않고서야 그런 법을 올바르다고 판단할 사람이 어디 있겠는가?

"하지만 그것과 이것은 다릅니다."

"뭐가 다르다는 거죠?"

이것이 법이다

"그건 한 민족을 깔보고 무시하며 죽이기 위한 법이었습니다. 하지만 이건 우리 스스로를 지키기 위한 법입니다."

"한 민족을 깔본다라……. 그럼 이 법은 대한민국이라는 나라를 깔보지 않는다는 건가요?"

"네!"

"어째서 그렇습니까?"

"네?"

당황스러운 질문이었다. 어째서 깔보지 않는다고 묻는다면 말을 할 수가 없었다.

"한 나라의 법적인 전통성을 무시하고 그들의 사법 체계를 무시하며 범죄자를 자국민이라는 이유로 무조건 보호하는 것이 어찌 다른 민족을 무시하는 법이 아니라고 생각하십니까?"

"그 나라는 아직 법적으로 안정되지 않은 나라입니다."

그 말에 뒤에 앉아 있던 노형진은 코웃음이 나왔다.

'웃기네. 대한민국이 무슨 베트남 정글인 줄 아냐?'

사실 문제는 그렇게 아는 사람이 많다는 것이다. 한국이라는 나라에 관심을 가지고 살피는 나라가 얼마나 되겠는가? 미래에는 한류라는 것이 퍼지면서 널리 알려지지만 지금은 아직 그때가 아니었다.

"그것도 일종의 무시입니다. 아닌가요?"

"그게……."

'아차.' 하는 상대방 변호사.

잭은 천천히 그에게 다가가면서 하나씩 말하기 시작했다.

"대한민국의 군사력은 세계 7위입니다. 미국의 가장 강력한 우방이라 할 수 있는 영국이 6위로 바로 아래에 있죠. 또한 대한민국의 GDP는 세계 11위입니다. 역시 우리의 전통적인 우방인 캐나다의 바로 아래입니다. 그리고 미래를 이끌어 갈 IT의 기준이 되는 인터넷 속도는 압도적인 세계 1위입니다. 그런데 어떤 면에서 그 나라가 후진적이고 야만적이며 잔인한 형벌을 한다고 생각하시는 겁니까?"

"……."

상대방 변호사는 할 말이 없었다. 그가 아는 대한민국은 당장 굶어 죽어도 이상할 게 없는 나라이기 때문이다.

사실 이 모든 것은 북한과 남한 모두 코리아라는 영어 이름을 쓰기 때문에 벌어진 일이었다. 그리고 미국 언론에 제일 많이 나오는 이름은 당연히 'North Korea'라는 이름이었다. 물론 'North Korea'와 'South Korea'는 전혀 다른 나라이지만 그들은 다같이 'Korea'라는 이름을 쓰니 비슷하다고 생각하는 치명적인 오류를 가지고 있을 수밖에 없었다.

"그건 결국 후손이 판단하는 겁니다. 먼 미래에는 지금 했던 선택이 잘못된 것으로 보일 수도 있습니다. 하지만 지금은 그것이 최선일 수도 있습니다. 우리는 히틀러를 희대의 멍청이로 부릅니다. 하지만 2차 대전 당시에 독일은 히틀러에게 절대적인 충성과 지지를 보냈습니다. 결국 SOFA가 잘못된 규정이라고 하는 것은 미래의 후손들이 판단할 일이지, 우리가 판단할 일은 아니라고 생각합니다."

그 순간 옆에 앉아 있던 다른 변호사의 날카로운 역습. 잭은 그 역습을 예상하지 못했던지 약간 당황한 듯했다.

'흠, 제법인데.'

하긴 미국이 만만한 사람들을 보내지는 않았을 것이다.

'뭐, 그렇다 해도 우리라고 방법이 없겠어?'

노형진이 신호를 보내자 잭이 잠시 시간을 두고 다가왔다. 그러자 노형진은 귓속말로 뭔가를 말했고 그걸 들은 잭은 고개를 끄덕거렸다. 물론 한국에서는 불가능한 짓이지만 미국에서는 직접 재판에 참여해 일종의 컨설턴트를 하는 것을 인정하고 있기 때문에 가능한 일이었다.

"피고 측 변호인들에게 묻겠습니다. 후손의 기준은 어디까지입니까?"

"네?"

"그 후손이 판단하는 것이라고 하신 말의 기준 말입니다."

"그게 중요한가요?"

"중요합니다. 가령 후손이 판단할 일이라고 미뤄 버린다면 그 법은 실질적으로 아무도 없애지 못합니다. 그럴 수밖에요. 그걸 판단할 후손은 그 법이 존재하는 한 결국 당사자가 되니까요."

"그거야……."

말하면서 후손의 기준을 생각할 리 없었기 때문에 그는 잠시 입을 다물었다.

"……한 40년 정도면 후손으로 볼 수 있을 것 같네요."

"당연하지요. 40년이면 해당 국가의 위상이 달라집니다. 그러니 약 40년 후의 후손들은 그게 적당한지 알 수 있을 겁니다."

"그렇군요."

"그런데 이 SOFA가 언제 체결되었는지 아십니까?"

"글쎄요?"

"SOFA의 체결 시기는 1966년입니다. 40년 후면 우리가 후손이라는 뜻이죠. 그런데 왜 우리가 그걸 판단해서는 안 된다는 거죠?"

"……!"

"당신의 말이 맞습니다. 40년이면 각 국가의 위상과 세계 정세가 바뀝니다. 대한민국은 40년 전에 아무것도 없는 가난한 나라였습니다. 하지만 지금은 세계에서 알아주는 강국이며 우리의 가장 큰 우방입니다. 다른 나라들이 베트남전에 대해서 부정적으로 생각하고 욕할 때 대한민국은 전투부대를 파견하며 도와줬고 소련과의 냉전 중에 소련 바로 아래라는 위험한 위치에 있으면서도 우리를 지지해 줬습니다. 그들의 위상은 바뀌었습니다. 그런데 언제까지 그들을 후손에게 맡긴다는 식으로 하면서 40년 전도 더 넘게 전에 체결된 잘못된 규정으로 묶어 두실 생각입니까?"

"······."

결국 그는 말을 꺼냈다고 본전도 건지지 못했다는 얼굴로 물러날 수밖에 없었다.

⚖️

"오늘 재판은 그럭저럭 된 것 같지만 내일부터가 문제군요."

남상주는 걱정스럽게 말했다.

오늘 재판의 분위기는 확실히 그들에게 유리하게 흘러갔다. 하지만 저쪽도 그걸 모르는 게 아닐 테니 이를 빠득빠득 갈면서 반격을 준비할 것이다.

"그렇게 말입니다."

"우리가 모든 자료를 가지고 있다고 하지만 저쪽도 만만치 않을 겁니다. 그들은 미국에서도 유명한 로펌이거든요."

신생 로펌인 드림과 다르게 그들은 전통적으로 강한 로펌인 동시에 여러 가지 인맥으로 묶여 있는 로펌이기도 하다. 그러니 아무리 유리하다고 한들 쉽게 이길 수 있는 상태가 아니었다.

"솔직히 상대방의 실력을 생각하면 전투에서는 이겨도 전쟁에서는 지는 최악의 상태가 될 수도 있어요."

엠버는 걱정스럽게 말했다. 법정은 세 치 혀의 전쟁터다.

하루 이틀 정도의 변론 기일에서 지는 것은 문제가 안 된다. 결과적으로 마지막 재판일에 승리의 여신이 누구에게 미소를 지어 주느냐는 것은 그날이 되어 봐야 아는 것이다.

"그건 저도 압니다."

노형진은 고개를 끄덕거렸다.

"그런데 말이죠, 솔직히 말해서 오늘 재판은 그냥 미끼입니다."

"네?"

노형진의 말에 다들 깜짝 놀랐다는 얼굴로 그를 바라보았다.

"미끼라니요?"

"말 그대로입니다. 미끼예요. 저들이 복수하게 준비하게 하기 위해서 파 둔 함정이죠."

"네?"

"저들은 오늘 진 것에 대해서 이를 바득바득 갈 겁니다. 그러니 내일 이기기 위해서 여러 가지 준비를 하겠지요."

"그건 그렇지요."

"근데 그걸 우리가 들어 주라는 법은 없지 않습니까?"

노형진의 말에 다들 이해하지 못한다는 듯 고개를 갸웃거리기 시작했다.

"내일은 말입니다."

노형진이 서류를 꺼내 두고 작전을 설명하기 시작하고 한참이 지나서야 사람들은 환하게 밝아진 얼굴로 고개를 끄덕거렸다.

$$⚖$$

"친애하는 재판장님, SOFA는 수차례 개정을 거치면서……."

아니나 다를까, 상대방은 시작과 동시에 거센 공격을 가했다. 개정을 거치면서 현 상황에 맞게 고쳐졌다는 것이 그들의 주장이었다. 어제의 패배가 당혹스러웠던 모양이다.

'내 그럴 줄 알았다.'

한번 졌으니 자존심 강한 로펌이 그렇게 쉽게 물러날 리 없다. 그래서 노형진은 그걸 노리고 어제 분위기를 그렇게 끌고 간 것이다.

"멜리사, 당신 차례입니다."

엠버의 말에 멜리사는 고개를 끄덕거리고는 앞으로 나갔다. 그러고는 말 한마디로 판사와 상대방 변호사를 넋 놓게 만들었다.

"친애하는 재판장님 그리고 피고 측 변호인 여러분, 그런데 그게 중요합니까?"

"뭐요?"

잔뜩 설명한 변호사는 얼굴을 찌푸렸다. 어제 진 것을 복수하기 위해서 열심히 준비했는데 그게 중요하지 않다니? 그게 무슨 소리란 말인가?

"SOFA 규정은 통치행위와 같습니다. 국가 간의 분쟁을 조정하기 위해 만들어진 규약이지요. 그리고 그러한 통치행위는 법원에서 판단할 만한 성질의 것이 아닙니다. 국가 간의 분쟁과 싸움을 어떻게 법원에서 판단합니까? 하물며 국제재판소도 아닌 일반 재판소에서 말입니다. 그래서 법적으로도 통치행위는 법원에서 판단할 수 없다고 되어 있습니다. 피고 측 변호인들의 말씀은 잘 들었습니다. 네, 그 정도는 이해합니다. 그래서요? 우리가 여기서 그걸 싸운다고 해서 규정이 바뀌나요? 아니면 우리가 여기서 SOFA 규정을 바꿀 권한이 있습니까? 결과적으로 의미가 있나요?"

"으헉!"

"What the……."

그제야 미국 정부 측 변호사들은 함정에 빠졌다는 사실을 알아차렸다. 어제 소파의 부당성을 말하는 바람에 자신들은 소파가 정당하다고 잔뜩 준비해 왔다. 그런데 멜리사의 말대로 SOFA 규정은 통치행위이니 이 법정에서 뭐라고 하든 하등 상관이 없는 일이었다.

'이런, 제대로 당했다.'

문제는 자신들이 속아서 그 정당성 위주로 변론을 준비하느라고 다른 변론 준비는 전혀 하지 못했다는 것. 그런데 멜리사가 '이건 우리가 말해 봐야 의미 없음.'이라고 함으로써 그게 몽땅 헛고생이 된 것이다.

이것이 법이다

"우리는 주한 미군의 조직적인 범죄 은폐에 대해 이야기하고 있습니다. SOFA 규정이 옳다, 그르다를 따지는 것이 아니라요. 그런데 피고 측은 SOFA 규정만 따지고 있군요."

"끄응······."

"인정합니다. 피고 측의 국제 규정에 따른 판단은 현 재판부의 소관이 아닙니다. 현 사건에 집중하세요."

"알겠습니다."

제대로 한 방 먹은 그들은 한숨을 쉬었지만 이제는 할 수 있는 것이 없었다. 그리고 그렇게 한 방 먹인 멜리사는 바로 다음 이야기를 하기 시작했다.

"저는 이번 일에 대하여 우리가 입고 있는 손해에 대하여 이야기해 보고자 합니다."

"우리?"

"그렇습니다. 우리 미국이 입는 손해에 대해서 말이지요."

그 말에 다들 고개를 갸웃했다. 미국이 입고 있는 손해라는 것이 없다고 생각했기 때문이다.

"저는 단순히 한국에서 생기고 있는 반미국 정서에 대해서 말하려는 것이 아닙니다. 우리 미국의 정신이 훼손된다는 추상적인 피해에 대해서 말하려는 것도 아닙니다. 제가 말씀드리고자 하는 것은 현실적으로 우리에게 닥칠 문제에 대해서입니다."

"현실적인 문제?"

"지금부터 불러 드리는 이름을 잘 듣고 기억해 주시기 바랍니다. 레암, 폴, 도밍고, 테리, 게리, 바비."

멜리사는 여섯 개의 이름을 불렀고 사람들은 그걸 적거나 기억하기 위해 노력했다.

"다들 기억하셨나요?"

"네."

"그럼 다음 이야기를 하겠습니다. 레암, 2001년 뉴욕에서 아동 강간으로 체포. 폴, 2003년 아동 강간으로 체포. 도밍고, 2004년 아동 납치 및 살해로 체포. 테리, 역시 2004년 식당에서 일곱 명에 대한 다중 강도 살인 후 도주 중 자살. 게리, 2005년 납치 및 살인으로 교전 중 사망. 바비, 2007년 강간 후 도주하다가 자동차 사고로 사망."

"……?"

첫 번째에는 이름만, 두 번째에는 그들의 범죄 경력까지 말하는 그녀의 행동에 다들 고개를 갸웃했다.

"그게 무슨 관계가 있다는 겁니까? 동명이인인가요?"

그 말에 멜리사는 고개를 저었다.

"아닙니다. 처음에 부른 사람들은 미군에서 불명예제대를 한 사람들이고 이후에 말한 것은 그들이 그 후에 벌인 일들입니다. 즉, 그들은 범죄자라는 뜻이지요."

"……!"

그 말에 사람들의 눈이 커졌다. 그리고 그걸 느낀 건지 멜리사는 그들의 불명예제대 사유를 말하기 시작했다.

"레암 상병, 한국 주둔 중 미성년자 성추행으로 체포. 미국으로 재배치된 뒤 불명예제대. 폴 일병, 미국에서 미성년자를 강간으로 미국으로 재배치된 뒤 불명예제대. 도밍고 상병, 그 당시 미성년자 남자아이를 동성 성매매한 사실이 발각되어 미국 재배치된 뒤 불명예제대. 테리 병장, 한국에서 음주 상태에서 한국 경찰을 구타한 후에 미국으로 재배치되어 불명예제대. 게리 이병, 한국에 있는 도박장에서 폭력 행위로 인하여 미국 재배치된 뒤 불명예제대. 바비, 한국에서 성인 여성을 강간한 후 미국에 재배치되어 불명예제대."

사건이 나올수록 사람들은 점점 조용해졌다. 특히 아동 사건에 대해서는 아무런 말도 하지 못했다. 미국은 아동 사건을 병적으로 증오한다. 그런데 아무리 해외에서 벌어진 일이라지만 처벌을 받지 않고 그냥 불명예 제대라니.

"이들은 한국에서 저지른 범죄행위로 인해 한국에 도망치다시피 하여 미국 본토에 배치되었습니다. 그 후에 제대로 처벌받았느냐? 아닙니다. 그들은 제대로 처벌받지 않았습니다. 만일 그들이 제대로 처벌받았다면 어떻게 되었을까요? 그랬다면 아이들이 강간당하지도 않았을 테고 그들에게 맞는 사람도 없었을 것이며 강도 살인도 발생하지 않았을 것입니다. 또한 강간 사건으로 사망자가 나오지도 않았을 것입니다."

"……."

"전 이번 사건을 보면서 심각한 문제를 알았습니다. 이들은 기본적으로 주변에 알려져야 사람들이 경계하고 조심합니다. 특히 아동 성범죄자들은 더욱더 그렇지요. 그러나 그들은 한국에서 범죄를 저질렀다는 이유만으로 은폐되었습니다. 그리고 그 결과는 우리의 아이들과 이웃의 피해로 나타났습니다."

그러면서 사람들을 바라보는 멜리사. 그 시선을 받은 사람들은 왠지 모를 소름이 돋는 것을 느꼈다. 그럴 수밖에 없는 것이 그녀의 입에서 나온 말은 엄청나게 심각한 문제였기 때문이다.

"지금 이 도시에는 기록에 따르면 한국에서 성범죄를 저지른 서른네 명의 사람들이 있습니다. 그들은 기록도, 경고 푯말도 없었으며 주변에 경고를 주지도 않았습니다. 그들은 지금도 어디선가 아이들을 바라보면서 잔인한 미소를 짓고 있을지도 모릅니다."

무려 서른네 명이나 되는 강간범들이 있다는 말에 사람들은 침을 꿀꺽 삼켰다.

"단순 강간뿐만 아니라 미군의 조직적인 은폐로 인해서 그들은 더 이상 처벌받지 않은 채로 거리를 활보하고 다닙니다. 물론 이 나라를 위해서 희생한 군인들의 희생정신은 보답받아야 합니다. 또한 그들은 존경받아 마땅합니다. 하지만 이 범죄자들은 그 숭고한 군인들의 희생을 자신들의 욕망을

채우기 위해 이용했습니다. 여러분들에게 묻겠습니다. 이 사실을 알면서도 주변의 군인들을, 그것도 한국에서 주둔했던 군인들을 마냥 존경과 감사의 대상으로 볼 수 있을까요? 아니면 두려움의 대상으로 보게 될까요?"

그건 뻔하다. 사람은 존경과 감사를 가지는 것보다 두려움을 가지는 것이 더 빠르니까.

"결과적으로 미군이 범죄를 은폐하고 감춘 덕분에 진정으로 이 나라를 위해서 노력한 수많은 장병들이 그들과 같은 시선을 받아야 합니다. 그게 과연 손해가 아니라고 말할 수 있을까요?"

갑자기 숙연해지는 분위기.

"우리는 우리를 위해서 희생한 수많은 장병들의 명예를 위해서라도 그들의 이름을 덮는 범죄자들을 단죄해야 합니다."

⚖️

"이야."

"완전 분위기 탔어."

드림 로펌은 완전 이겨 가는 분위기였다. 그럴 수밖에 없는 것이 주변에 범죄자가 있다는 공포감과 자신들의 이득을 위해서 희생된 사람들의 명예를 더럽히고 있다는 죄책감이 뒤섞이면서 분위기가 이쪽으로 넘어왔음을 확실하게 느낄 수 있었던 것이다.

"정부 측 변호인이 찍소리도 못 하는 거 봐요."

"그렇게 말입니다. 호호호호."

정부 측 변호인은 방어해야 하는 방향성도 잘못 잡은 데다가 은폐된 범죄자들이 결국 걸러지지 못하고 미국 내에서 다시 범죄를 저지른다는 사실에 어떻게 방어해야 할지 갈피도 잡지 못하고 있었다.

"노 변호사님, 그런데 표정이 왜 그러세요?"

"네?"

"아니, 아까부터 표정이 심각해서요."

"사실은 어떤 소문에 관한 생각이 나서요."

"생각?"

"한국은 이상하게 주한 미군의 범죄율이 상당히 높은 편입니다. 다른 나라에 비교하면 상당히 높죠. 심지어 바로 옆에 있는 일본에 비교해서도 말입니다."

사실 한국보다 일본에 주둔하고 있는 미군이 더 많다. 그럼에도 불구하고 한국에 있는 주한 미군의 범죄자가 더 많다.

"그게 이상한가요?"

"네, 이상한 일이죠. 살짝 많은 것도 아니고 세 배 이상이 난다는 건 이상한 일이니까요."

"세 배요?"

"네."

"확실히 다른 나라에 비해서 질적으로 떨어지는 느낌이 강하지요."

노형진이 신경을 쓰는 것은 자신이 회귀하기 전에 돌았던 소문이었다.

'아니, 사실일 가능성이 높다.'

그 당시 어떤 사람이 미국의 추한 비밀을 알려야 한다며 기밀을 공개했는데, 그중 하나가 바로 주한 미군에 대한 정보였다.

'등급제라…….'

병사들을 등급으로 나누고 그중에서 질이 좋은 사람은 유럽으로, 질이 중간급인 사람은 일본 등지로, 그리고 질이 가장 좋지 않은 사람은 한국으로 보낸다는 계획서였다.

'하긴 그게 엄청나게 파장이 컸지.'

사실 어떻게 보면 미국으로서는 당연한 일이다. 유럽은 문제를 일으키면 전 유럽이 발칵 뒤집혀서 피곤해지고, 일본은 무마할 수는 있지만 그래도 극동의 중요 방어선 중 하나라 함부로 대할 수가 없다. 특히 미군이 제일 많은 오키나와의 경우, 반미 분위기가 강해서 조심스러웠다. 그에 반해 한국은 어떤 문제가 생겨도 정부가 은폐해 주고 주한 미군 근처 주민들도 그쪽에 생활이 예속되다시피 한 상태라 주한 미군의 범죄를 봐도 모른 척하는 경향이 강하다. 결과적으로 피해자만 억울한 셈.

"그런 말이 있어요?"

"네, 그런데 생각해 보면 당연한 거죠. 세상에 누구라도 문제가 될 만한 곳에 위험한 인물을 보내고 싶어 하지는 않을 겁니다."

"흠⋯⋯."

"그런데 그걸 어떻게?"

군사기밀이라면 접근이 쉽지 않을 것이다.

'그 사람이 군사기밀을 풀기는 했지만⋯⋯.'

그 당시 그것이 군사기밀이라고 한 적은 없었다.

"그냥 소문이 그래서요. 비밀 해제라고 했던 것 같은데⋯⋯."

그 말에 엠버가 눈을 번쩍 떴다.

"혹시 기밀 해제 된 서류를 뜻하는 거 아니에요?"

"기밀 해제? 아!"

그 말에 노형진은 기억이 났다.

"맞다! 기밀 해제된 서류!"

일반적으로 모든 군사 관련 서류들은 기밀로 처리한다. 하다못해 그날 식단조차도 대외비라는 이름으로 보호하려고 한다. 하지만 그 모든 것이 다 그렇듯이 보호 기간이라는 게 있다. 30년 전의 식단이 지금은 의미가 없듯이 일정 기간이 지나면 군사 서류 중 상황이 종료됐거나 의미가 없어진 것들은 기밀 해제가 되어 공개된다.

"내가 왜 그 생각을 못 했지?"

문제는 그 안에 엄청난 양의 서류가 있다 보니 대부분 해제돼도 찾지 못한 채로 방치되면 잊히기 마련이다.

"분명 그 안에 뭔가 있었어."

지금이야 한국 사람들이 그 존재에 대해서 잘 모르지만 그 안에는 전쟁 당시에 벌어진 생생한 보고를 포함한 여러 가지 정보들이 넘쳐났다. 그래서 그 안에서만 잘 찾아도 충분한 정보가 나올 정도였다. 가끔은 현대에도 유지되고 있는 것도 있으니 말이다.

⚖️

"이게 다 그거라고요?"

기밀 해제 된 보안 서류의 양은 엄청나다. 더군다나 이 모든 게 죄다 서류로 되어 있다. 그 모든 것이 매년 계속해서 나오고 있었기 때문에 그 양은 상상을 초월한다. 그런데 미국이 뭐가 좋다고 그걸 정리해서 나중에 알아보기 쉽게 만들겠는가?

"이걸 찾을 생각은 아니지?"

남상주는 얼굴이 해쓱해진 표정으로 바라보았다.

"찾아야지요."

"그래도…… 이건…….."

"국가를 위해서 일한다고 생각하세요. 그리고 생각보다

쓸 만한 게 많을 겁니다."

"쓸 만한 거라니?"

"별별 정보가 다 있기 마련이거든요."

이 안에는 개인적인 서신이나 전리품부터 한 국가의 약점이 될 만한 것들이 포함되어 있을 가능성이 크다.

'그러고 보니 지난번에 일본의 약점도 이 안에서 나왔다고 하지 않았던가?'

먼 미래는 생각해 보지 않아서 기억이 가물가물하지만 일본의 약점이 될 만한 문건이 나왔다는 소식도 들었다.

'이거, 제대로 팀을 꾸려서 찾아보는 것도 나쁘지 않을 것 같은데?'

그렇다면 어쩌면 이건 보물산이 될지도 모르는 것.

하지만 남상주는 그 압도적인 양에 질려서 고개를 흔들 뿐이었다.

"아…… 난 모르겠네."

"걱정 마세요. 저 혼자 찾을 테니까."

"혼자? 이 안에서? 이 사람아, 그게 사람이 할 짓이야?"

"네, 전 가능합니다."

"허……."

남상주는 혀를 내둘렀다. 딱 봐도 제대로 정리된 것도 아닌 엄청난 양인데 그 안에서 찾겠다니.

"걱정하지 마세요. 제가 다 알아서 합니다. 후후후."

노형진은 씩 웃었다.

⚖️

"헉헉…… 빡세다……."

노형진이 찾는 방법은 간단하다. 그 서류에 있는 기억을 읽어 내는 것이다. 원래는 그걸 일일이 다 읽어서 내용을 확인해야 하지만 기억을 읽어 내면 금세 찾아낼 수 있다. 하지만 그건 상당히 오래 걸리고 정신적으로 지치는 일이었다.

"자네…… 이걸 다 찾아낸 건가?"

완전히 초주검이 된 노형진이 의자에 널브러진 채로 축 늘어져 있자 다가온 남상주의 눈이 여느 때보다 더 커졌다. 차곡차곡 쌓여 있는 엄청난 양의 서류들은 누가 봐도 질려 버릴 양이었다.

"하하하……."

"이게 다 우리 소송과 관련된 것들이라고?"

"그건 아니고요."

처음에는 소송에 관련된 것들을 찾아보려고 했다. 하지만 찾다 보니 그것보다는 다른 것에 관련된 것들도 많았다. 그걸 본 노형진은 차마 그걸 버릴 수가 없었다.

"이건 미군이 그 당시 친일파로 분류한 한국 정치인들의 명단입니다."

"음……."

그걸 받아 든 남상주는 얼굴을 찌푸렸다. 익숙한 이름들이 여럿 보였기 때문이다.

"그리고 이건 일제시대에 일본 놈들이 한국에서 계획적인 학살을 했다는 증거고요. 또 이건 6.25 전쟁 때 미군 내에서 벌어진 한국 국민에 대한 전쟁범죄에 대한 정보들입니다."

서류들을 밀어서 주던 노형진은 마지막 물건을 들고 씩 웃었다.

"그리고 이게 우리가 찾던 놈이죠. 후후후."

힘들기는 했지만 그래도 노형진은 찾던 것을 찾을 수 있었다. 바로 이 싸움의 승패를 가를 열쇠였다.

고마운 건 고마운 거고

"개정하겠습니다."

다시 시작된 소송.

노형진은 증거를 바리바리 싸 들고 현장으로 향했다. 아무리 전면에 나서지 못한다곤 해도 어드바이스는 해 줘야 하기 때문이다.

"미국 정부에서도 이번에 작심하고 나온 것 같은데요?"

전보다 숫자가 늘어난 인원들을 보면서 엠버는 얼굴을 찡그렸다.

"지난번에 그렇게 졌으니까 당연히 그렇겠지요. 그런데 있잖습니까, 그래 봤자예요."

아무리 숫자가 많아 봐야 그들이 다 발표할 수 있는 것도 아니니 결국에는 그냥 말장난하는 것일 뿐이다. 삼백 명의 변호사가 있다고 해서 삼백 명이 다 일하는 건 아니니까.

"우리는 대한민국을 최고 우방으로 대우해 왔습니다."

드디어 입을 연 미국의 변호사. 그는 장황하게 설명하고 있었지만 결과적으로 그가 말하는 것은 그것이었다. 대한민국은 최고의 우방으로 대우해 줬는데도 소송하는 싸가지 없는 놈들이라는 것.

'쯧쯧…… 어쩌다가 저런 녀석이 나온 거지?'

상식적으로 저런 변명이 여기에 먹힐 리 없다. 그런데 여기서 저런 식으로 발언한다는 건 실력이 없다는 뜻이다.

'아니, 잠깐…… 뭔가 이상한데?'

개인 소송도 아닌 집단 대 집단으로 벌이는 소송, 그것도 상대는 미국 정부다. 그런 쪽에서 저런 변호사가 나올 리 없다.

'뭔가 노리는 게 있군.'

노형진은 얼굴을 찌푸리고 그 내면을 파악하려고 노력했다. 그러는 사이 상대방 변호사는 진짜 노형진도 생각하지 못한 공격을 시도했다.

"그 부분을 입증하기 위해 한국 측에서 파견된 노형진 씨를 증인으로 요청합니다."

"엥?"

"나?"

사람들의 시선이 모조리 노형진에게 모였고 노형진은 어

리둥절한 얼굴이 되었다. 자신이 증인이 될 이유가 없었던 것이다.

'뭐지? 압박이라도 넣으려는 건가?'

확실히 그럴 수도 있다.

'하지만 그건 별로 효과가 없을 텐데?'

그는 미국 변호사가 아니라서 뒤에서 조언해 줄 수 있을지 언정 전면에 나설 수는 없다. 즉, 그의 발언은 이 사건에 그다지 영향을 주지는 못한다는 뜻이다.

"노형진 씨, 안에 있습니까?"

"네."

노형진이 앞으로 나서자 법원 직원은 그를 증인석으로 안내했다.

'이거 참, 생소한 경험일세.'

지금까지 증인으로 나선 적이 없는 노형진이었기 때문에 왠지 증인석에 서서 바라보는 세상이 참 달라 보였다.

"증인은 선서하세요."

"선서……. 증인은……."

노형진이 선서를 마치고 나자 정부 측 변호인이 다가와서 노형진을 노려보았다.

"증인, 증인은 한국 사람이 맞습니까?"

"네."

"그럼 증인은 우리 미국이 수많은 희생을 겪으면서 대한민국을 해방시켜 준 것을 알고 있습니까?"

"알고 있습니다만."

"'네, 아니요.'로만 답하세요."

말하려는 찰나, 그는 노형진의 말을 끊어 버렸다. 그러자 노형진은 그들의 계획을 알 수 있었다.

'이런 식으로 나오시겠다?'

'네, 아니요.'로만 답하는 방식은 증인이 변명하거나 쓸데없이 말이 길어지는 것을 방지하기 위해 쓰는 방법이다. 문제는 대부분의 변호사들이 그런 목적으로 쓰기보다는 자기들이 원하는 답을 받아 내기 위해 쓴다는 것이다. 가령 그 장소에 있었냐는 질문에 '네.'라고 하면 그 사람은 범인이 될 수도 있는 것이다. 그러면 그를 범인으로 몰고 가는 것이다.

'그렇게 나온다 이거지.'

보아하니 상대방은 자신들이 희생해서 한국을 도와줬는데 배은망덕하다는 식으로 공격할 모양이었다.

'하긴 미국은 사람 사는 곳 아닌가, 뭐.'

한국보다 덜하기는 하지만 미국도 사람이 사는 동네라 감정에 호소하는 방식이 먹히니 이런 식으로 판사들에게 한국은 나쁜 나라라는 이미지를 주고 싶었으리라.

"다시 한 번 묻겠습니다. 우리 미국이 전쟁 때 엄청난 희생을 감수하고 대한민국을 해방시켜 준 걸 압니까?"

사실 여기서 일반적인 사람이라면 당연히 '네.'라는 답을 선택할 수밖에 없다. 그 순간 대한민국은 은혜도 모르는 나쁜 놈이 되는 것이다. 물론 그것에 놀아날 노형진이 아니었다.

"아니요."

"응?"

당연히 '네.'라고 대답할 거라 생각했던 변호사는 당황했다.

"증인은 역사도 안 배웁니까?"

"배웁니다."

"그런데 우리 미국의 희생도 몰라요?"

"그건 대답 못 하겠는데요."

"뭐요?"

"'네.'와 '아니요.'로 대답할 수 있는 질문이 아니잖습니까? 제대로 된 질문을 해 주시기 바랍니다."

"큭큭큭."

도리어 노형진을 가지고 놀려던 미국 변호사이 한 방 먹자, 방청석에서 큭큭거리는 비웃음이 흘러나왔다.

"험험…… 그럼 미국의 은혜를 압니까, 모릅니까?"

"그것도 '네, 아니요.'로 대답할 질문은 아닌 듯합니다. 질문을 다시 해 주시기 바랍니다."

"이익!"

사실 '네, 아니요.'만으로 대답할 수 있는 질문은 극도로 한정적이다. 그러니까 그에 대해서 잘 아는 사람의 경우 그냥 대답하기 곤란하다고 말하고 안 하면 그만이다. 게다가 그건 딱히 증언을 거부한 것도 아니다. 두 개의 답변 중 하나만 정해서 말하는 건 증언이 아니니까.

"증인은 미국이 희생해서 대한민국이 살아난 것에 감사합니까, 안 합니까?"

안 되겠다고 생각했는지 아예 노골적으로 물어보는 변호사.

"미국의 어떤 면인지 정확하게 질문해 주시기 바랍니다."

"이이익!"

사실 무조건 '미국에 감사하냐, 안 하냐?'라고 물어보면 대부분은 감사한다고 할 것이다. 하지만 노형진은 그런 함정에 빠질 생각이 없었다.

"피고 측 변호인, 무리한 질문 하지 마십시오. 증인, 증인도 '네, 아니요.'로 대답하지 말고 제대로 대답하세요."

"네, 알겠습니다."

노형진에게 놀아나는 게 답답한 건지, 아니면 멍청한 자국 변호사가 불쌍한 건지 판사가 끼어들어서 중재해 줬고, '네, 아니요.'라는 대답만을 시켜 유리한 답변을 이끌어 내려 하던 변호사는 크게 당황했다.

"흠흠흠…… 그럼 아까 증인은 미국에 감사하지 않는다고 했는데 증인은 공산주의자인가요?"

이제는 안 될 것 같으니까 노형진은 공산주의자로 몰아가려고 하는 모양이었다.

"아닙니다. 제가 '아니요.'라고 한 것은 미국뿐만 아니라 그 당시 2차 대전 중 일본에 대항하여 싸워 준 수많은 연합국들을 존경하기 때문입니다. 미국이 많은 희생을 치렀지만 영국이나 프랑스 등 수많은 동맹국들의 젊은이들의 피로 민주주의를 지켜 내지 않았습니까? 어찌 그들을 무시하고 특정한 국가에만 감사를 표현하겠습니까?"

그 말에 미국 측 변호인은 멍한 표정이 되었다. 확실히 '아니요.'라고 말할 만하기는 한데 절묘하게 대답을 흐렸기 때문이다. 연합국에는 감사한데 미국에 감사하는지는 알 수가 없는.

"그럼 지금까지 미국에 감사하지 않는다는 것인가요?"

"그건 아닙니다. 다만 사람인지라 모든 것을 다 감사할 수는 없다는 거죠. 미국이 우리를 위해서 북한은 견제해 주는 것은 감사합니다. 하지만 미국이 우리나라의 두 소녀를 산 채로 탱크로 깔아뭉갠 것은 감사하지 않습니다."

"뭐라고?"

"아니, 이게 무슨 소리야?"

"그런 일이 있었어?"

노형진의 증언이 나오자 사람들의 반응이 갑자기 격해졌다. 그럴 수밖에 없었던 것이 여기 있던 대부분의 사람들은 그런 사건이 있었다는 것조차 몰랐기 때문이다.

'그렇지. 이런 게 세상이지.'

자신들이 일으킨 추문을 미국에서 공개할 리 없으니 장갑

차 사건이 미국에 알려지지 않아 그걸 배상도 하지 않고 미국으로 도피시켰다는 것도 모를 것이다. 미국에서는 얼마간의 위로금을 줬지만 그건 위로금일 뿐, 사고를 친 본인들은 땡전 한 푼 주지 않고 미국으로 도망친 상황이다.

"증인 없는 일을 만들지 마십시오."

"없는 일이라구요? 대한민국 전체가 발칵 뒤집힌 사건인데 없는 일이라고 생각하십니까?"

"……."

상대방 변호인은 혹 떼려다가 혹 붙였다는 표정이 되었다. 그럴 수밖에 없는 것이 그 사건은 워낙 문제가 많은 사건이라 미국 내에서도 공개하지 않은 사건이었던 것이다. 그런데 그게 언론에 나갔으니 언론의 방향이 어디로 갈지는 뻔하다.

'이런 젠장…… 이런 새끼가 어디서 튀어나온 거야?'

절묘하게 대답하면서 가장 예민한 부분을 건드린 노형진 때문에 사건은 점점 복잡해지고 있었다.

"고마운 건 고마운 겁니다. 우리를 지키기 위해서 희생한 수많은 군인들에게 저는 이루 말할 수 없는 감사함을 느낍니다. 하지만 그들의 희생으로 자신의 영달을 지키려고 하는 일부 사람들에게는 이루 말할 수 없는 분노도 함께 느낍니다. 전 사람이니까요."

"크흠……."

노형진의 입에서 고맙다는 소리를 나오게 해서 한국을 나쁜 나라로 만들려던 계획이 졸지에 미군을 두 소녀를 죽이고 도망간 나쁜 조직으로 만드는 것으로 바뀌어 버리고 말았다.

"이상입니다."

결국 미국 측 변호사는 제대로 된 질문도 못하고 안으로 들어갔고 노형진은 잠시 후 증인석에서 내려와서 자리로 돌아왔다.

"끝내주네."

남상주는 자기 자리로 돌아온 노형진을 보고 혀를 내둘렀다. 설마 그런 식으로 상대방의 공격을 파훼할 거라고는 생각하지도 못했던 것이다.

"예상하고 있었나?"

"아니요."

"그런데 말을 왜 그렇게 잘해?"

"그냥 경험의 힘이죠."

"경험? 자네가 변호사가 된 지 이제 3년째인 거 모르나?"

"핫핫핫."

노형진은 웃고 말았고 남상주는 타고난 천재라며 극찬을 아끼지 않았다. 그러는 사이 피고 측의 방어가 끝나고 다시 원고 측, 그러니까 엠버의 공격 시기가 다가왔다.

"친애하는 재판장님, 저는 원고 측 변호인으로서 일하고 있습니다. 하지만 한편으로는 미국의 국민으로서 우리 미국이 자랑스러운 국가가 되기를 원하고 있습니다. 그러나 이번에 저희가 입수한 정보에 따르면 우리 미국은 자랑스러운 국가라고 할 수 없을 듯합니다."

"무슨 소리인가요?"

"얼마 전 기밀 해제가 된 서류를 저희가 입수했습니다. 미 주둔군 배치 규정입니다. 확인 결과, 지금까지 이 규정은 준수되고 있음을 알 수 있었습니다."

"주둔군 배치 규정?"

"이것을 봐주시기 바랍니다."

엠버는 노형진이 찾아온 서류의 복사본을 사람들에게 나눠 주었다.

"이 서류에 따르면 병사의 등급은 총 여섯 개의 등급으로 이루어져 있습니다. 공격성이나 기타 지식 수준, 학력 등을 기준으로 삼는데 1등급과 2등급은 유럽 지역에, 3등급과 4등급은 일본 및 동아시아 지역에 배치하도록 되어 있고, 유독 5등급과 6등급은 한국에 배치하도록 되어 있습니다. 이 전략적인 분석에 따르면 한국은 소파의 규정이 강하게 적용될 뿐만 아니라 규정에 따라서 처벌 권한이 없어서 병사들의 범죄가 발생하는 경우 수습이 쉽다는 이유로 그렇게 규정된 것입니다. 즉, 미국은 범죄를 저지를 가능성이 높은 병사만을 골라서 주로 주한 미군으로 보냈다는 뜻이 됩니다."

그 말에 피고 측 변호사들은 웅성거리면서 서류를 뒤적거리기 시작했다. 하지만 거기에 찍혀 있는 직인은 분명 미군의 것이 분명했다.

"동일한 동맹국이며 또한 베트남전 등 수많은 전쟁에서 우리나라를 적극적으로 도와준 대한민국입니다. 그들이 상대적으로 우리보다 약하다는 이유로 실질적으로 범죄자나 다름없는 사람들만을 뽑아서 보낸다는 것은 명백한 위법 사항입니다."

"음……."

"어떻게 이런 게……."

미국 정부 측 변호사들은 어쩔 줄 몰라 했고, 그 외의 사람들도 당황한 듯 서류를 뚫어지게 바라보았다.

"재판장님, 이건 아무래도 군사 기밀 같습니다. 증거에서 배제하여 주시기 바랍니다."

"기밀이라고 해도 증거입니다. 또한 이것은 기밀이 해제된 서류입니다. 당연히 어떠한 법적인 문제도 없습니다."

다급한 상대방은 증거에서 빼 달라고 요청했지만 합법적으로 얻었는데 판사가 그에 동의할 리가 없었다.

"이건 증거로 인정합니다. 만일 규정이 바뀌었다면 그 관련 증거를 피고 측이 제출하여 주시기 바랍니다."

'이런 망할…….'

이런 증거가 있다는 사실도 처음 알았는데 그걸 찾는 게 쉬울 리 없다는 것을 알고 있는 피고 측 변호사들은 똥 씹는 얼굴이 되어 버렸다.

펑!

뭔가 터지는 소리와 함께 하늘 높이 솟아오르는 거품. 그리고 그 거품이 넘치는 액체를 잔에 따른 사람들은 잔을 높이 들었다.

"위하여!"

"위하여!"

드디어 재판이 끝났다. 수많은 범죄 기록들이 나왔고 그 기록에는 수많은 범죄자들의 신상이 나왔다. 그리고 그것은 시작이었다.

"징벌적 손해배상에서 크게 이겼네요."

"마지막 증거가 너무 강력했어요. 호호호호."

엠버는 신나게 웃을 수 있었다. 못해도 20년은 걸릴 거라 생각했던 자신만의 로펌이 노형진을 만나면서 갑작스럽게 만들어진 것이다. 그것도 무척이나 강력한 형태로 말이다.

"이제는 미국도 난리가 났을 겁니다."

"그렇겠지요. 이제는 전처럼 한국에서 장난을 치지는 못할 거예요."

과거에는 주한 미군이 범죄를 저지르면 재판권이 미국에 있다는 점을 이용하여 미국으로 도피시켜 왔다. 그 후에는 여기서 풀어 줘도 한국에서는 뭐라고 할 수가 없었다.

"하지만 이제는 아닐 거예요."

"그렇겠지요."

이제는 달라졌다. 미국에도 한국과 선이 닿아 있는 로펌이 생겼으니 그들이 여기서 정식으로 고발하면 미국인도 미국 법에 따라서 처벌받아야 한다. 감추고 싶어도 감출 수가 없게 된 것이다.

"그러고 보니 이번에 SOFA를 개정하자는 이야기가 나오고 있다고 하더군요."

엠버는 싱긋 웃으면서 가슴을 쭉 폈다. 물론 그 덕분에 노형진의 코에서는 코피가 터질 뻔했다.

'우왕…… 크다…….'

가뜩이나 큰 가슴이 샴페인이 터지면서 블라우스가 다 젖는 바람에 티가 확 났던 것이다.

"크흠…… 어째서요?"

전이라면 그저 버텼을 테지만 이번에는 좀 자극이 강했기 때문에 노형진은 슬쩍 고개를 돌리면서 물었다.

"차라리 한국에서 처벌받게 하자는 거죠."

"한국?"

"네, 미국 처벌 규정은 강력하니까요."

"아! 무슨 소리인지 알겠습니다."

가령 한국에서 미성년자를 강간하면 길어 봐야 3년이다. 하지만 미국에서는 못해도 15년이다. 이처럼 대부분의 범죄들은 한국보다 미국이 처벌이 강하다.

"지금까지는 SOFA를 근거로 도피시킨 후 몰래 풀어 주는 게 가능했지요. 하지만 이제는 그게 안 되죠. 만일 미국으로 도피시키면 우리가 기다리고 있을 테니까."

"그렇지요. 후후후."

주한 미군은 범죄자를 미국으로 도피시켜 풀어 주고 싶겠지만 이제는 그게 안 된다. 드림 로펌이 정식으로 제소하고 민사소송까지 진행할 테니까.

"그러니 차라리 한국에서 처벌받는 게 낫다는 거죠."

"그렇지요."

한국에서 처벌받으면 실질적으로 형량이 약해질 뿐만 아니라 한국 정부의 특성상 손해배상도 극도로 작게 책정되는 편이다. 반면에 미국은 원래 손해배상의 규모가 큰 데다가 징벌적 배상이 매겨지는 경우 그 배상액은 터무니없는 수준이 된다.

"그런 의미에서 아예 한국에서 처벌하고 온다는 식으로 바뀔 모양이에요."

"일사부재리의 원칙이라는 거군요."

"네."

일사부재리의 원칙.

그건 동일한 범죄에 대해서 두 번 처벌받지 않는다는 뜻이다. 만일 형량이 상대적으로 낮은 한국에서 처벌받고 온다면 형량이 높은 미국에서는 처벌받지 않아도 된다.

'참 이런 쉬운 걸 가지고.'

소파를 개정할 필요 없이 미국 내 한국과 연계된 로펌 하나 만든 것만으로도 피해자들에게 구제할 법적인 방법이 생겼다.

'이 간단한 걸 안 하는 걸 보면…… 쯧쯧.'

혀를 끌끌 차는 노형진이었다.

"그나저나 미스터 노, 이제 한국으로 돌아가겠네요?"

"네, 가야지요. 사실 미국에 너무 오래 있었습니다. 이렇게 오래 있을 계획은 아니었는데요."

"그래요? 그럼 오늘 진탕 한번 마셔 볼까요?"

슬쩍 매달리면서 눈을 찡긋하는 엠버를 보면서 노형진은 하마터면 그러자고 할 뻔했다.

'와, 끝까지 방심할 틈을 안 주네.'

그만큼 능력 있는 여자이기는 하지만.

"미안합니다. 전 술 별로 안 좋아해요."

"호호호. 아쉽네요."

엠버도 그런 그의 말뜻을 못 알아듣는 건 아니었기 때문에 웃고 말았고 노형진은 다시 잔을 높이 들었다.

"우리의 미래를 위해서!"

"위하여!"

황금색의 샴페인 잔들이 하늘 높이 부딪치고 있었다.

"이거 참…… 시간이 오래 걸렸네요."

"그렇게 말이야."

성화의 소송에 대응하기 위해서 나갔던 싸움이 어쩌다 보니 SOFA라는 국가적인 문제로 소송까지 하게 된 것이기 때문에 노형진과 남상주는 지친 얼굴로 공항 게이트에서 나오고 있었다.

"그나저나 자네, 진짜로 미국에 진출할 생각 없나?"

"별로 생각이 없는데요?"

"그래? 아깝군."

남상주는 진짜로 아까운 듯이 혀를 끌끌 찰 수밖에 없었다. 노형진이 보여 준 미국 법에 대한 식견은 상상보다 넓었다. 아무리 법이 비슷하다고 하지만 사실 미국 법과 한국 법은 전혀 다르다. 미국 법은 영미법계에 들어가며 판례와 경험이 중요시되지만 한국 법은 대륙법에 들어가며 법률에 대한 해석이 중요시된다. 당연히 그 적용 방법이 전혀 다르다 보니 이해하는 것이 쉬운 것이 아닌데 노형진은 그걸 한꺼번에 해결한 것이다.

'사실 쉬운 일은 아니지.'

영미법계와 대륙법계의 해석 방식이 워낙 차이가 나다 보니 한국에서 잘나가던 변호사라 할지라도 미국에서 로스쿨에 들어가 변호사가 되는 것은 쉬운 일이 아니다. 똑같은 운전이라고 해도 트럭 운전과 스포츠카 운전의 차이만큼이나 차이가 나는 것이다.

"전 미국에 가고 싶은 생각은 없습니다. 뭐, 미래는 모르겠지만 현재는요."

미래에 미국으로 떠난 것은 그냥 떠나고 싶어서였다. 아내에게 배신당하고 누나는 죽고 부모님은 돌아가시고 나자 모든 것이 허망해져서 떠난 곳이 미국이었다.

'이제는 그럴 이유가 없지.'

모든 것을 이룩하고 있고 부모님도 살아 계시고 누나의 미래도 바뀌었다. 원한다면 언제든지 갈 수 있겠지만 그곳에 가서 살 이유가 없어진 것이다.

"전 한국에서 가족들과 함께 천년만년 살 생각입니다만?"

"뭐, 우리야 좋지만."

어깨를 으쓱하면서 바깥으로 나가는 노형진. 그렇게 그들이 막 출국 게이트를 나가는 순간이었다.

퍽!

뭔가가 날아와서 노형진의 양복에 부딪치더니 깨지면서 지독한 냄새를 풍기기 시작했다.

"윽."

"뭐야?"

남상주는 당황해서 피하려고 했지만 노형진은 그냥 우두

커니 서서 그걸 맞을 뿐이었다.

"노 변호사."

사방에서 날아오는 날달걀들. 그중에는 썩은 것도 있는지 상당히 심한 냄새를 피우는 것도 있었다. 그리고 그런 노형진과 남상주를 둘러싸고 있는 사람들. 기자들과 함께 서 있는 노인들.

"이 빨갱이 새끼들!"

"죽어 버려, 이 빨갱이 새끼들아!"

"상국에 은혜도 모르는 버러지 같은 놈들!"

머리가 하얗게 샌 노인들이 마구잡이로 날달걀을 던지면서 노형진을 욕하고 있었다.

"이게 무슨……."

멀리서 기다리고 있던 새론의 직원들은 그걸 보고 깜짝 놀라서 뛰어왔다. 하지만 노형진은 손을 들어서 그들을 막았다. 그 와중에도 날아온 날달걀이 노형진의 이마에 부딪쳐서 깨졌다.

"으으윽."

남상주는 분노로 얼굴을 붉으락푸르락했다. 그의 눈에는 '아버지연합'이라고 불리는 극보수 단체 인간들이 서 있었다.

"이 빨갱이 새끼들아!"

"북한으로 가라, 이 빨갱이야!"

그들은 게거품을 물면서 고래고래 소리를 질렀다. 그걸 본 노형진은 피식 웃었다.

'너무하잖아, 이건.'

사실 들어오면서 좋은 소리를 듣지 못할 거라는 건 알고
있었다. 잘못된 보수주의자들, 아니 매국노들은 미국을 대상
으로 소송했다는 것만으로 자신을 종북 주의자 취급할 거라
고 예상했다. 하지만 입국장에 들어서자마자 날계란을 맞을
거라고는 생각하지 못했다.

"괜찮나?"

"남 변호사님은 어떠신가요?"

"난 괜찮지만······."

너무 당황스러운 상황에 남상주조차 어찌할 바를 모르고
있었다. 하지만 노형진은 조용히 그들을 바라보고 있을 뿐이
었다.

'이렇게 뻔하게 놀아나는 건 너무하잖아.'

싫어할 거라 생각했다. 저들에게 대한민국을 구해 준 미국
을 대상으로 소송한 것이 북한을 지지하는 행위로 보일 수도
있다. 그래서 어지간하면 넘어가 주려고 했다. 변호사들은
욕먹는 게 일이니까. 하지만 이건 아니다. 이건 명백하게 폭
행이자 테러다.

"꺼져라, 이 빨갱이야!"

지랄하는 남자들을 보면서 노형진은 당당하게 앞으로 나갔
다. 그러고는 가장 앞에 있는 카메라맨에게 손을 내밀었다.

"마이크 좀 빌려주십시오."

"네?"

"마이크요."

"아, 네, 네…….."

취재하러 왔던 사람이 엉겁결에 마이크를 건네자 노형진은 마이크를 잡고 카메라를 똑바로 바라보며 말하기 시작했다.

"전 변호사입니다. 제 의뢰인은 대한민국의 모든 국민이었고 전 그들을 위해서 미국에서 재판했습니다. 빨갱이라는 것이 무슨 뜻입니까? 국민을 위해서 미국과 싸우는 것이 빨갱이라면 전 그 빨갱이라는 단어를 기꺼이 받아들이겠습니다. 우리는 미국의 가장 강력한 동맹이자 우방입니다. 하지만 우리는 결코 미국의 노예가 아닙니다. 국민 여러분, 미국을 두려워하지 마십시오. 우리 변호사들은 여러분들을 위해서라면 이러한 계란 세례를 두려워하지 않습니다. 범죄에 고통 받는 피해자들을 위해서 그 어떤 핍박과도 싸울 것입니다."

노형진의 말을 들은 주변 사람들은 갑자기 침묵을 지켰다. 물론 아닌 사람도 있었다.

"뭐라는 거야, 저 빨갱이 새끼가!"

누군가 다시 계란을 던지기 위해 자세를 잡는 순간 옆에 있는 사람들이 그를 막았다.

"진짜 보자 보자 하니까 너무하네."

"뭐? 이런 어린놈의 새끼가!"

"어리다고 해도 사리분별은 합니다. 나이 처먹고도 사리분별을 못하는 인간이 무슨……."

"이 새끼들이 증말……. 야, 이 빨갱이 새끼들아! 안 비켜? 안 비켜?"

동원된 노인네들은 주변에서 둘러싸는 시민들 때문에 도망갈 수가 없었다.

노형진은 주변에 있는 공항 경찰들을 바라보았다.

"경찰은 국민들에게 폭행하는 사람들을 구경만 하는 모양인가 보죠?"

"네?"

"폭행 현행범 아닙니까? 체포 안 합니까?"

"아……."

경찰들은 난감한 얼굴이 되었다. 사실 이런 상황에서 한쪽 편을 들면 나중에 언론으로부터 탄압한다는 말을 듣기에 좋다. 더군다나 공항 경찰이라는 존재는 치안을 담당하는 경찰과는 좀 다르다.

"현행법상 테러 행위자들에 대한 제압은 누구나 할 수 있습니다."

"테러요?"

"공항 내부에서 위험물을 집어 던졌습니다. 그러면 테러 아닌가요? 만일 저게 계란이 아닌 수류탄이었다면 어쩔 겁니까?"

그 말에 등골이 오싹해지는 공항 경찰이었다.

'그렇구나.'

괜히 노인이랍시고 건드리기 싫다고 그냥 뒀다가는 테러 용의자들을 방치한다는 의심을 받기 쉽다. 더군다나 그들은 실제로 폭행을 가했다. 이쯤되면 노인이라 해도 풀어 줄 수가 없다.

"체포해!"

"네?"

"체포하라고!"

"네, 알겠습니다."

그 말에 노인들의 얼굴에 갑자기 공포감이 깃들었다. 지금까지 여러 곳에서 깽판을 쳐 왔지만 이런 경우는 처음이었기 때문이다.

"잠깐! 뭐하는 짓이야! 우리가 누군 줄 알고!"

"너희들은 어미, 아비도 없냐!"

"아이고, 나 죽네! 경찰이 사람 패네!"

당황한 그들은 사람들에게 억울하다는 식으로 어필했지만 주변 사람들은 그들을 차갑게 바라볼 뿐이었다.

"야! 저 새끼들 모조리 끌고 가!"

공항 경찰들은 그들을 전부 연행하기 시작했고 노인들은 걸음아 날 살려라 하고 도망 다니기 시작했다. 그러자 공항 입국장은 난장판이 되어 버렸다.

이것이 갑이다

"예상한 건가?"

"약간은요. 뭐, 이렇게 공항에서 계란을 던질 거라 생각하지는 못했지만요."

"음······."

"어쩌겠습니까. 저 세대 노인들에게 미국이란 하나의 신앙입니다. 그런 신앙에 대해서 우리가 소송한 거니 격분할 수밖에요."

그들은 6.25를 겪은 세대다. 미국에 고마운 감정을 가지고 있는 건 당연하다.

"하지만 고마운 건 고마운 거고 틀린 건 틀린 거죠."

과연 저런 사람들의 딸이 미국 군인에게 강간당한다면 미국인의 씨앗을 받았다고 좋아할까? 그럴 리 없다. 아마 게거품을 물면서 죽으라고 저주할 것이다.

"그래서 어떻게 할 건가?"

"알 바 아니죠."

공항에서 폭행했으니 테러가 될지, 단순 폭행이 될지는 모를 일이다.

"아마도 단순 폭행으로 가겠지만서도."

위험물이라고 해 봐야 고작 계란이고 사상자도 없었으니 말이다.

"그래서 그냥 봐줄 생각인가?"

그 말에 노형진은 피식 비웃음을 흘렸다.

"미쳤습니까? 이해하는 건 이해하는 거고 법은 법이죠."

"하하하, 그렇지. 하하하."

노형진의 눈치를 보던 남상주는 크게 웃었다. 노형진은 고작 이런 걸로 충격 받을 사람이 아니었던 것이다.

"그 잘난 경로 우대 사상이 얼마나 잘 지켜 주는지 한번 보도록 하지요."

어줍지 않은 용서는 결국 또 다른 범죄 피해자를 불러온다는 걸 잘 알고 있는 노형진은 그들을 용서할 생각이 없었다.

"대한민국은 법치국가이고 그들은 법을 어겼으니까요. 그러니 그에 대한 벌을 받아야지요. 크하하하하…… 콜록콜록!"

"그러니까 적당히 웃지 그랬나."

"콜록콜록…… 물, 물!"

그들은 웃고 있었지만 누군가에게는 말 그대로 헬 게이트가 열리는 순간이었다.

일상다반사? 일상다반법?

"수고하셨습니다."

"수고하셨어요."

노형진은 사람들에게 치하받고 있었다. 얼마나 많은 사람들이 치하해 주는지, 정신이 없을 지경이었다.

"이거 참…… SOFA가 문제이긴 했네."

노형진이 미국에 가서 관련 법인 계약을 하고 그동안 범인들이 미국에 있어서 하지 못했던 수많은 사건들을 모조리 처리하기 시작하자 미국에서는 급하게 SOFA를 개정하자고 했다. 그래야 최대한 형량이 작은 대한민국에서 처벌이 끝날수 있기 때문이다. 결과적으로 수십 년간 골머리를 앓아 오던 문제 중 하나가 순식간에 해결되었다.

"자네 덕분에 우리가 아주 행복해! 하하하!"

유민택은 노형진의 어깨를 두들기면서 웃었고 노형진 역시 미소로 답했다.

"그나저나 유 회장님이 여기까지 오실 거라고는 생각도 못 했습니다."

"자네 덕분에 우리 대룡이 다시 한 번 위기에서 벗어나지 않았나. 하하하."

위기에서 벗어난 정도가 아니다. 현재 미국에서는 대룡 대 성화의 사건이 아주 잘 진행되고 있다. 성화가 사건을 조작해서 대룡에게 타격을 입히려고 한 것에 대한 명확한 증거가 사방에 넘쳤기 때문에 성화는 반격은커녕 변명하기에도 급급한 상황이었다.

"이대로 간다면 성화에서 세운 미국 공장은 어렵지 않게 우리 것이 될 걸세."

"그래요?"

"그렇지. 성화에서 그 돈을 줄 리 없지 않나?"

이번 사건은 명백하게 성화가 사건을 조작한 일이다. 그래서 징벌적 손해배상이 나올 가능성이 무척이나 높다. 그렇다고 해서 성화가 그 돈을 줄까? 지금까지의 성화의 행동을 봐서는 줄 리 없다.

"만일 그 공장이 생기면 정식으로 전 미국에 고향의 봄을 납품할 생각일세. 안 그래도 요즘 웰빙, 웰빙 하지 않나."

이것이 법이다

"그렇지요. 다만 좀 맛은 약하게 해야 할 겁니다."

"암, 알지. 우리 입맛에 맞추면 미국 사람의 입에는 좀 많이 강할 거야, 하하하."

웰빙 열풍이 불면서 대룡의 고향의 봄은 빠르게 퍼져 나가고 있었다. 그리고 아이러니하게도 이런 황당한 조작 사건이 언론을 타면서 도리어 홍보되어 이제는 없어서 못 팔 지경이었다.

"그러니까 내가 여기 올 만하지."

"하하하."

노형진은 웃으면서 유민택을 바라보았다.

"그나저나 이제 이 사무실에도 사람이 제법 많아졌군."

"많지요."

원래 새론은 망해 가던 곳이었다. 그런데 어쩌다 보니 노형진과 일이 엮이면서 점점 회사가 커지더니 이제는 한국 내에서도 손에 꼽히는 규모로 자라났다.

"그런데 노 변호사, 아직도 자네는 우리 회사에 올 생각 없나?"

"전에 말씀드렸습니다만 전 변호사입니다."

"쩝…… 아깝군."

유민택은 아쉽다는 듯 입맛을 쩝쩝거렸다.

"그래도 유 회장님이 잘 도와주셔서 이 자리까지 온 거 아닙니까?"

"에잉, 그런 소리 하지 말게나. 자네가 잘나서 온 거지. 아마 자네가 아니었다면 우리 대룡은 지금쯤 흔적도 없이 사라졌을 거야."

"하하하."

물론 반쯤은 사실이다. 유민택이 죽고 난 후 성화는 대룡을 날름 집어삼켰으니까.

"하여간 오늘 파티는 자네가 성공적으로 한 것에 대한 파티니까 부담 없이 즐기게나."

"네."

노형진은 다시 잔을 들었고 사람들은 그런 그를 따라 잔을 높이 들었다.

"새론을 위하여!"

"위하여!"

⚖️

미국에서 돌아오고 난 후 노형진은 다시 바쁜 생활을 하고 있었다.

그동안 주한 미군에 피해를 입었던 수많은 사람들이 소송하러 왔고 그럴수록 미국은 SOFA의 개정을 서둘렀다.

심지어 한국에서 미국으로 도피시켰던 사람을 다시 한국으로 배치하기까지 했다. 미국이 훨씬 처벌이 강하니 그냥 한국에서 처벌받으라는 뜻이었다. 물론 형사처벌이야 면하겠지만 민사는 전혀 다른 문제였다. 그들에게 따로 청구되는 손해배상은 그들을 패닉에 빠트렸고 말이다.

"일거리가 넘치는구만."

"노 변호사는 좋겠어. 일의 신이 자네를 사랑하나 봐."

"끄응……."

넘치는 일거리 덕분에 금방이라도 코피가 흐를 것 같은 모습을 한 노형진은 간신히 서류 하나를 덮고는 고개를 절레절레 흔들었다.

"도대체 일이 왜 이렇게 많은 겁니까?"

"몰라서 물어? 우리에게는 노 변호사가 있잖아."

"하하하."

그 말에 웃어야 하나 울어야 하나 고민하는 노형진이었다. 그런데 농담이 아닌 게 당장 주한 미군 사건을 담당할 수 있는 법률 회사는 오로지 새론뿐이다. 다른 곳에는 협정이 체결된 미국 로펌이 없다 보니 그동안 억울하게 피해를 입었던 수많은 피해자들이 너도 나도 새론을 찾아오고 있었다. 문제는 그 숫자가 수천 명을 넘어간다는 것.

"이건 뭐, 노 변호사가 손만 대면 수천 단위야."

"죄송합니다."

"나한테 죄송할 게 아니라 저 사람들한테 죄송해야 할 것 같은데?"

문 너머로 눈짓하는 송정한의 장난스러운 미소에 노형진
도 어색하게 웃었다.

"하긴 그러네요."

변호사가 아무리 일이 많다고 한들 실무를 담당하는 사람
들보다 일이 많겠는가?

"우리 회사가 다른 로펌에 비해서 대우가 좋다고 하지만
그래도 일이 너무 많아."

"그렇죠?"

보통 로펌은 대부분 박봉이다. 언제든 사람을 갈아 치울
수 있다고 생각하기 때문이다. 하지만 노형진과 송정한은 다
르게 생각했다. 법률이라는 것은 단순히 언제든 갈아 치울
수 있는 직업이 아니라고 말이다. 그래서 전문적인 직원들을
키우기 위해서 상당한 노력을 한 결과, 그들의 실력은 어중
이떠중이 변호사들보다 훨씬 나아 변호사들의 업무량이 줄
정도였다. 정작 그들은 죽을 맛이었지만 말이다.

"변호사보다는 직원을 더 뽑아야겠어요."

"그렇겠어. 그런데 적당한 사람들이 있을까?"

"흠…… 법대 나온 사람들을 좀 뽑는 건 어때요?"

"법대?"

"네, 아무래도 어느 정도 지식이 있으니까 빨리 배우겠지요."

그 말에 송정한은 고개를 끄덕거렸다. 어차피 대한민국에
는 여러 법대들이 있다.

"하긴 요즘 법대들이 좀 힘들다지?"

사법시험 폐지가 결정되고 로스쿨 체제로 변해 가면서 당장 급하게 된 것은 법대들이었다. 로스쿨에서 떨어졌다고 학과를 없앨 수는 없기 때문이다.

"이참에 법대랑 연계하는 것도 좋은 생각이겠네요."

"법대와?"

"네, 아시잖습니까, 로스쿨의 문제가 뭔지?"

"당연히 시간이 부족해서 실력이 아무래도 미흡하다는 게…… 아!"

송정한은 고개를 끄덕거렸다.

"팀으로 운영하는 거죠."

"좋은 생각일세."

로스쿨에서 나오는 사람들이 모든 걸 다 알면 좋겠지만 애석하게도 그렇지 않다.

"법대 출신들은 제대로 공부만 했다면 로스쿨생 못지않은 실력을 가진 사람이 될 겁니다."

가령 어떤 변호사의 전공이 형사라면 법대 출신은 민사 쪽 전공자를 데리고 와서 팀을 짜는 것이다.

"흠…… 그럼 지금 시스템을 완전히 뒤엎어야 하는데?"

지금은 그냥 딱히 담당이 있는 게 아니라 일을 받는 대로 담당하는 상황.

"장기적으로 보면 팀제로 나누는 게 맞다고 생각합니다. 대

기업들이 왜 팀으로 운영하는지 모르지는 않으시잖습니까?"

"하긴…… 그건 그렇지. 프로젝트라는 게 그런 거지."

대기업들은 뭔가를 시도할 때는 각 부서에서 전문가들을 뽑아서 하나의 팀을 만든다. 그들은 서로의 의견을 조율하고 또 나누면서 일을 처리해 나간다. 그들은 각자의 일의 전문가이고 또 모여서 이야기하기 때문에 부서별로 결과를 만든후 하나로 합하는 것보다 훨씬 빠르고 효율적으로 일을 진행할 수 있다.

"결과적으로 제가 봤을 때는 법률도 궁극적으로는 그렇게 되어야 한다고 생각합니다."

"쉽지 않을 텐데?"

"쉬울 리 없죠. 특히 우리나라 로펌의 문화는 그런 게 아니니까요."

대부분의 로펌이나 법무 법인들은 직원을 언제든 대체 가능한 소모 인력으로 취급한다. 변호사들보다 아래에서 잡무를 처리하는 집단 말이다. 그러다 보니 박봉이 경우가 많다.

"그런데 정작 그런 변호사들은 브로커한테 끌려 다니죠."

"그렇지."

브로커들은 변호사에게 사건을 던져 주고 돈을 받아 간다. 전문화되지 않아 변호사들이 사건을 받는 게 힘들기 때문이다.

"팀별로 구체화된 시스템이라……."

"그냥 가능성을 생각해 보자는 겁니다. 당장 하자는 게 아니라요."

"확실히 효율적이기는 하겠군."

송정한은 고개를 끄덕거렸다. 팀으로 구성된다면 서로 협업도 잘될 것이다.

"일단 좋게 생각해 보겠네."

"알겠습니다."

"그렇다고 해도 말이야."

송정한은 씩 웃으면서 문을 열어 줬다. 그러자 그 문을 통해 들어오는 서류들.

"할일은 해야지?"

"끄으응."

"우우우, 죽겠다."

노형진은 힘든 몸을 이끌고 집으로 가고 있었다. 워낙 피곤해서 당장이라도 쓰러질 것 같은 기분이었다.

"난 변호사야. 그렇지? 변호사야. 근데 변호사가 이렇게 바쁘다니. 괜히 변호사 한다고 했나."

미래의 지식을 활용하는 것만으로도 충분히 먹고산다. 그러니 당장 변호사를 그만둔다고 해도 먹고살 수 있다.

"그만둬? 진짜 그만둘까?"

마음에도 없는 소리를 중얼거리면서 자신의 아파트로 향하던 노형진은 어디선가 들리는 소리에 멈칫했다.

"오에에엑!"

"끄응…….."

으슥한 골목 전신주를 잡고 오바이트하는 여자. 그 여자는 몸도 가누지 못할 정도로 취한 듯했다. 문제는 그 옆에 있는 남자들이었다.

"괜찮아? 괜찮아?"

두 남자는 여자에게 괜찮냐고 물어보면서도 주변의 눈치를 끊임없이 보고 있었다.

'아, 이 몹쓸 정의감.'

물론 아는 사람이 걱정돼서 그러는 걸 수도 있다. 하지만 일반적으로 아는 사람이 술에 취해서 저런 지경이면 주변 사람들의 눈치는 보지 않는다.

'망할 놈의 강간범 새끼들.'

이런 경우는 강간일 가능성이 높다. 물론 자기들은 아니라고 말하지만 실상은 저렇게 술에 취해서 꼼짝도 못 하는 여자를 데려다가 강간하고 튀는 것이다.

'저런 새끼들이 진짜 싫어.'

저 인간들에게는 하룻밤의 쾌락이고 일종의 자랑할 만한 전적일지 몰라도 여자에게는 인생이 망가지는 일이며 덜컥 임신이라도 하는 날에는 미혼모가 되거나 애를 지워야 하는 최악의 상황이 되기 때문에 노형진은 저런 인간들이 진짜 싫었다. 더군다나 저런 식으로 데리고 가서 일이 터지면 강간 신고를 해도 잡는 것은 거의 불가능하다.

"자기야, 이제 그만하고 가자."

남자 둘은 휘청거리는 여자에게 다가가서 부축해서 가려 했다. 하지만 노형진이 그 앞으로 가로막자 얼굴을 찌푸렸다.

"뭡니까?"

자신을 꼬나보는 남자를 보면서 노형진은 여자를 살폈다. 완전히 취해서 널브러진 상황.

"이 여자분 아십니까?"

"네?"

"이 여자분 아시냐고요."

"친구입니다."

남자 중 한 명이 대답했다.

"그럼 이름을 말해 보세요."

"뭐라고요?"

"이름을 말해 보라고요. 친구라면서요?"

"아니, 무슨 소리를 하는 겁니까? 술에 취한 친구를 데리고 가는 것뿐인데."

"그러니까 이름을 말해 보라니까요."

소란이 커지자 주변 사람들이 무슨 일인가 하고 모여들기 시작했다. 그러자 남자들은 당황하는 눈치가 역력했다.

"무슨 일입니까?"

"뭔 일이래?"

웅성거리는 사람들. 그러자 눈치를 보는 두 남자.

여기서 버리고 도망가자니 자신들이 강간하려고 했다는 사실이 드러나는 셈인데, 그렇다고 데리고 가자니 노형진이 그냥 둘 리 없다.

"술에 취한 여자를 두 남자가 데리고 가려고 해서 말입니다."

"친구라니까요."

"그러니까 이름을 말해 보시라고요."

"이름은 알아서 뭐합니까? 내가 말한다고 한들 당신이 우리 친구 이름을 알아요?"

애써 변명하는 남자. 노형진은 그 말에 피식 웃었다.

"하긴 저도 이 여자분 이름은 모르죠. 하지만 신분증은 있지 않겠습니까?"

그 말에 얼굴을 찌푸리는 두 사람.

"싫습니다."

"왜요?"

"개인 정보잖아요. 그걸 왜 모르는 사람한테 알려 줘요?"

애써 변명해 봤지만 그런 뻔한 거짓말에 속을 노형진이 아니었다.

"그럼 전화 한번 해 봐요."

"네?"

"개인 정보라서 못 준다면 당연히 친구니까 전화번호는 가지고 있겠죠."

그건 정보를 까발릴 필요도 없이 전화 한 번이면 된다. 아마도 이 여자의 지갑 안에 전화기가 들어 있을 테니까.

"전화하시라니까요."

"……."

그들은 눈치를 보더니 갑자기 여자를 패대기쳤다.

"드러워서 안 먹는다."

"야, 가자. 씨발."

딱 보니까 안 될 것 같으니까 도망치려고 하는 모양이었다. 주변을 둘러싼 사람들은 욕하면서도 딱히 잡으려고 하지는 않았다. 일단 여자는 구하는 데는 성공했으니까.

그러나 노형진은 그들을 그냥 돌려보낼 생각이 없었다. 이 여자는 그냥 됐지만 다른 취한 여자를 노릴 게 뻔한 녀석들이니까.

"그건 안 될 것 같은데요?"

"뭐야?"

두 사람을 가로막는 노형진. 그리고 당황하는 두 사람.

"당신들은 모르는 사람을 강제로 데리고 가려고 했다가 실패했습니다. 그건 명백하게 납치 · 강간 미수거든요."

"헉!"

"같이 경찰서로 좀 가 주셔야겠는데요?"

"이런…… 니미 씨발."

두 남자는 얼굴을 찌푸리더니 다짜고짜 품에서 잭나이프를 꺼내 들었다.

"꺄아악!"

"칼이다!"

우르르 도망치는 사람들. 노형진은 그들을 보면서 한숨을 쉬었다.

"왜 그런 걸 꺼내요?"

"쌍놈의 새끼, 법에 대해서 좀 아는 모양인데 누가 작업할 때는 건드리지 않는 법이라는 건 못 배웠냐?"

"배때기에 나는 구멍을 보고 교훈을 배우기를 빈다."

"웃기고 자빠졌네."

"뭐?"

"내가 킬러들을 만난 게 어디 한두 번인 줄 아나?"

노형진은 그들을 보면서 비웃었다. 그럴 수밖에 없는 것이 그들이 들고 있는 칼끝이 바르르 떨리고 있었기 때문이다. 즉, 경험은 없는데 도망가려고 겁주고 있다는 뜻이다.

'여기서는 두 가지가 가능하지.'

자극하지 않고 물러나는 것. 아니면 더 압박하는 것. 그런데 노형진이 봤을 때 이들은 전자일 이유가 없다. 그렇게 거친 녀석들이라면 그냥 여자를 납치해서 강간하지, 술에 취한 여자를 찾아서 밤거리를 헤매지는 않을 테니까.

이것이 법이다

"으윽."

그들은 주춤주춤 뒤로 물러났다. 술에 취한 여자를 데리고 갈 자신은 있었지만 이렇게 사람이 많은 데에서 사람을 찌를 정도로 깡다구가 좋지는 않았던 것이다.

"어쩔 거야? 찌를 거야? 아니면 조용히 경찰을 기다릴래?"

"……."

"나 같으면 경찰을 기다릴 거다. 증인이야 넘쳐나고 납치 미수로만 갈 거, 살인미수까지 붙이지 말고."

그 말에 두 사람의 눈꼬리가 파르르 떨리더니 칼을 툭 떨궜다. 역시 그저 그런 양아치에 지나지 않았던 것이다.

"잘 생각했다."

그들은 고개를 푹 숙인 채로 주저앉더니 갑자기 대성통곡하기 시작했다.

"으아앙!"

"한 번만 봐주세요! 잘못했어요!"

"한 번만 봐주시면 안 돼요? 다시는 안 그럴게요!"

"네, 다시는 여기에 안 오겠습니다! 제발 봐주세요!"

눈물 콧물을 좍좍 흘리면서 울고 있는 그들의 모습은 무척이나 불쌍해 보였지만 노형진은 그다지 불쌍하다는 생각이 들지 않았다. 그들이 불쌍하다고 봐주면 그들은 다시 똑같은 일을 벌일 거라는 걸 알고 있었기 때문이다.

"반성은 감옥에서 많이 할 시간이 있을 거야."

그들은 대성통곡하고 있었지만 그 누구도 그들을 동정하지 않았다. 그 모든 게 다 스스로 불러온 일이었으니까.

⚖️

　"어젯밤에 무슨 일 있었나?"
　"그냥 작은 사건이 있었습니다."
　"무슨 사건?"
　"밤에 납치 미수범을 만나서요."
　"또?"
　"또라니요?"
　"자네 요즘 어디에 갈 때마다 이상하게 사건과 엮이는 것 같지 않아?"
　"그런가요?"
　그 말에 노형진은 고개를 갸웃했다.
　'그러고 보니…… 좀 이상하기는 하네.'
　지난 생에서도 변호사였다. 아니, 미래라고 해야 하나? 하여간 그때도 변호사였고 솔직히 변호사로서 이름을 널리 알린 걸로 따지자면 그때가 지금보다 더 유명했지, 덜 유명하지는 않았다. 하지만 그때는 이렇게 일이 꼬이지 않았다.
　'아무리 내가 이번 생에 자초한 게 있다고 하지만…….'
　그렇다고 해도 사건이 너무 많았다. 어제만 해도 밤새도록

경찰서에서 진술서를 쓰느라고 제대로 쉬지도 못하고 출근
하지 않았나?

"거참, 자네, 마가 끼었나?"

"마라……."

"점이라도 보지그래?"

"점요?"

"그래, 요즘 자네, 일이 너무 많아."

"끄응……."

"거봐, 요즘 그 신음 소리 비슷한 것도 너무 자주 낸다고."

"끄응……."

그 사실은 노형진도 어느 정도 느끼고 있었다.

'이거…… 진짜 마가 끼었나?'

노형진은 어깨를 으쓱하면서도 왠지 온몸이 부들부들 떨
리는 것을 느꼈다.

⚖

"점쟁이?"

"네, 혹시 아는 분 있어요?"

노형진의 어머니는 고개를 갸웃했다. 자신이 아는 아들은
그런 걸 믿는 타입이 아니었기 때문이다.

"그거야 찾아보면 있겠지만 왜? 무슨 일 있니? 뭐, 이상한

일이라도 있는 거야?"

"그게 아니라 이상하게 일이 많아서요."

"일이? 많으면 좋잖아."

"좋다고 할 정도가 아니죠."

생각해 보면 이상한 일이다. 현재 새론의 주요 사건들 대부분은 노형진과 엮이면서 들어오는 사건들이었다. 만일 노형진이 혼자서 일하는 상황이었다면 벌써 오래전에 과로로 죽었을지도 모를 만큼 일이 넘치고 있었다.

'그렇다고 모른 척하기도 뭐하고 말이야.'

일이 많으면 들어오는 사건을 거절할 수도 있겠지만 요 근래에 들어온 사건들의 대부분은 거절조차 하기 힘든 사건들이었다. 결과적으로 노형진이 할 수밖에 없는 사건들.

"좀 알아봐 줄까?"

"네, 좀 부탁드려요."

노형진은 그런 것에 기대는 편은 아니었지만 왠지 으슬으슬한 기분이 들었다.

⚖️

부모님은 그런 노형진을 위해 여러 루트들을 통해서 제법 유명한 점집을 찾았다. 그러나 그 점집을 찾아간 노형진은 얼굴을 찌푸릴 수밖에 없었다.

"쯧쯧, 마가 제대로 끼었구만. 방법이 없어."

"네?"

"굿을 해야겠는걸?"

"굿요?"

"그래, 굿! 마가 끼어도 제대로 꼈어. 거울 안 봤어? 피부
도 어둡고 눈에 광기도 끼었고 말이야. 쯧쯧…… 얼마 안 남
았네, 얼마 안 남았어."

'아니, 이 아줌마가 무슨 소리를 하는 거야?'

당연히 잠을 못 자니 피부도 어둡고, 매일같이 미친놈에
가까운 범인들을 상대하다 보니 정신적으로 피폐해질 수밖
에 없다. 그런데 다짜고짜 굿을 보라고 하다니.

'아, 내가 미쳤지. 쓸데없는 걸 보러 와 가지고는.'

노형진은 툴툴거렸지만 차마 말할 수가 없어 진지한 표정
으로 그 아줌마에게 조심스럽게 물어봤다.

"굿을 하면 나아질까요?"

"나아질 거야."

"그럼 어떤 굿을?"

"말하면 알아?"

'물론 말하면 모르겠지.'

근데 어떤 굿을 해야 하는지도 말해 주지 않으면서 굿을
하라고 하니, 노형진은 아줌마가 미심쩍어졌다.

"굿만 하면 일이 다 잘될 거야. 일거리도 많아질 거고."

'이거 완전 가짜잖아?'

지금 자신은 일거리가 많아서 죽을 맛이다. 그런데 일거리가 많아질 거라니. 아주 대놓고 과로사 하라는 소리가 아닌가?

"보아하니 사업하는 사람인 것 같은데 크게 해. 한 5천 정도면 되겠네."

"얼마요?"

"5천."

"장난하세요?"

5천이라고 하면 작은 돈이 아니다. 어지간히 큰 사업을 하는 사람도 바들바들 떨 수밖에 없는 돈인 것이다. 그런데 그걸로 굿을 하자고 한다.

"안 하면 해코지가 들어올 거야! 반병신이 될 거라고!"

"됐습니다. 안 해요."

노형진은 선을 딱 그으면서 나왔다. 그러자 뒤에서 저주를 받을 거라는 둥 나중에 후회하지 말라는 둥 겁주는 소리가 계속 들려왔다.

"반병신은 무슨."

어차피 한번 죽었던 몸이다. 게다가 누군가 자신을 해코지하려고 한다면 병신을 만드는 게 아니라 죽이려고 할 가능성이 높다.

"에잉, 기분 찝찝하네."

노형진은 툴툴거리면서 그 무당의 집에서 나왔다. 그러나 곧 얼굴을 찌푸릴 수밖에 없었다.

'인간 진짜 많다.'

얼마나 유명한 사람인지 모르겠지만 엄청나게 많은 사람들이 점을 보기 위해서 기다리고 있었던 것이다.

노형진은 어깨를 으쓱하면서 발걸음을 옮겼다. 더 이상 볼일이 없을 거라 생각했기 때문이다. 그때였다.

"노형진?"

누군가 부르는 소리에 고개를 돌린 노형진은 반가운 얼굴로 자신을 보고 있는 사람을 발견했다.

"이게 누구야? 우현수! 우현수 맞지?"

"이야, 노형진! 이놈의 자식! 중학교 그만두고 나가더니 여기서 보네? 여! 너 요즘 잘나간다면서?"

중학교 때 친구인 우현수였다. 두 사람은 반가움에 부둥켜안고 서로의 어깨를 두들겼다.

"반갑다, 야. 너 이 자식, 동창회라도 나오지그랬어. 중퇴인 나도 나가는 동창회를 넌 왜 안 나오냐?"

"나? 나야 뭐…… 하하하."

어깨를 으쓱하는 그를 보니 무슨 말 못 할 사정이 있는 모양이었기에 노형진은 자세하게 묻지 않았다.

"그런데 넌 여기 어쩐 일이야? 점 보러 왔냐? 그런 거면 그냥 가라. 완전 돌팔이더라."

"알아."

"그래?"

"그래, 알아."

왠지 씁쓸하게 말하는 우현수를 보면서 노형진은 고개를 갸웃했다. 그럴 수밖에 없는 게 그에게서 알 수 없는 분노를 느꼈던 것이다.

"뭐야? 너희 집에 무슨 일이 있냐?"

"응?"

"무슨 일 있냐고."

"아니, 그건 아니고…….."

"아니긴. 얌마, 내가 변호사다. 사람 보는 건 무당급이야. 얼굴에 '나 문제 있습니다.'라고 드러내면서 아니라고 하면 누가 믿냐?"

그 말에 우현수는 잠시 고민하는 듯하더니 한숨과 함께 이야기하기 시작했다.

"사기라면 사기인데……."

"사기라면 사기?"

"응, 사실은 우리 누나 알지?"

"너희 누나라면 알지."

우현수의 누나는 노현아보다 한 살 많은 사람으로, 가끔 그의 집에 갔을 때 봤다.

'그러고 보니…….'

중학교라는 것이 아무래도 동네에서 가기 때문에 서로 만나기 마련이다. 그런데 그녀도, 친구인 우현수도 본 적이 없었던 것이 기억이 났다.

"우리 누나가 정신병원에 있다."

"정신병원? 아니, 왜? 무슨 일 있었어?"

"그게…… 하아…… 너한테 말해 봐야 믿겠느냐마는…….”

"말해 봐. 그래야 내가 도와줄 수 있으면 돕지."

"끄응…….”

결국 한참 고민하던 우현수는 조심스럽게 입을 열었다.

"우리 할머니가 무당이셨거든."

"응?"

그 이야기는 처음 들었기 때문에 노형진은 고개를 갸웃했다.

'하긴 이 녀석이 할머니 이야기를 한 적이 없기는 했는데.'

그런데 그거랑 정신병이랑 무슨 관계가 있단 말인가?

"할머니가 돌아가시고 나서…… 그, 뭐라고 해야 하나…… 신내림을 받았다고 해야 하나?"

"신내림?"

"그래…… 그런 게 있다는데……. 아, 난 진짜 복잡해서 뭐라고 설명을 못 하겠다."

한참 횡설수설하던 친구의 말을 정리하자면 할머니가 돌아가시고 나서 할머니가 모시던 신이 누나에게 왔다고 한다.

"근데?"

"그게…… 그 후에 문제가 터졌어.”

신이 온다고 해서 당장 무당이 되는 것이 아니다. 신내림이라는 일종의 과정을 거쳐야 무당이 될 수 있다는 것이다.

"그런데?"

"그런데 우리 누나가 그 신내림을 받은 곳이 이곳이거든."

"그래?"

"그래."

신내림을 받은 사람은 무당 아래서 공부하면서 여러 가지를 배워야 하는데 그중에서 유명한 곳이 이곳이었던 것.

"그래서 왔는데……."

"왔는데?"

"몰라. 갑자기 미쳐서 정신병원에 갔어."

"뭐야? 무슨 가혹 행위나 폭행이라도 당한 거야?"

"몰라."

"병원에서는 뭐라고 하는데?"

"그냥 정신병이라고 하지. 근데…… 그건 아닌 것 같단 말이지. 그래서 화가 나서 오기는 했는데……."

딱 보니 들어가기도 전에 쫓겨난 모양이다.

'기가 막히는구만.'

하긴 우리나라는 다른 나라와 다르게 이런 무당이라는 문화가 널리 퍼져 있다. 해외로 보면 일종의 주술사 같은 존재.

그러나 모두를 다 믿을 수 있는 것은 아니다. 그걸 이용해서 사기를 치는 가짜가 너무 많기 때문에 사회적 문제가 되고 있는 상황.

"다른 곳에 가 봤어?"

"가 보기는…… 했지. 근데 죄다 굿하라는 소리만 하고."

"끄응……."

하긴 당연한 일이다. 하지만 그렇게 한번 당한 우현수의 집에서 그걸 하려고 할 리 없다.

"그럼 결과적으로 해결되는 게 없는 거야?"

"응."

도와주고 싶었지만 도와줄 수 있는 방법이 없었기 때문에 노형진은 그저 친구의 어깨를 두들길 뿐이었다.

"갑갑하겠구나."

"후우."

우현수는 고개를 푹 떨구고 한숨만 쉴 뿐이었다.

⚖️

"노 변호사, 왜 그렇게 죽을상이야?"

"점 보러 갔다가 눈탱이만 맞았습니다."

"눈탱이?"

"네."

노형진이 그곳에서 있던 일을 이야기하자 송정한은 심각한 얼굴이 되었다.

"그거 심각한 문제인데."

"심각하죠? 이건 완전 사기 아닙니까?"

"아니, 그 점쟁이 말고 그 친구 누나라는 분."

"네?"

"그분은 좀 심각하다고."

"무슨 말씀이신지?"

"들어 보니까 굿이 잘못된 거구만. 아니, 신내림굿이 얼마나 중요한 일인데 그걸 어중이떠중이한테 받아?"

"엥?"

송정한은 생각보다 잘 알고 있는 듯했기 때문에 노형진은 깜짝 놀랐다.

"그런 걸 또 어떻게 아세요?"

"당연한 거 아닌가. 사업을 운영하려면 이 정도야 기본이지."

"기본?"

"몰랐나? 우리나라에서 무당 끼지 않고 사업하는 사람 없어."

"헐."

노형진은 어이없다는 얼굴이 되었다. 송정한은 그런 노형진을 바라보다가 핸드폰을 들었다.

"이런 건 나보다는 유민택 회장님한테 물어보는 게 좋을걸?"

"유 회장님한테요?"

"그래, 아무래도 대기업 회장이 아는 무당쯤 되면 어중이떠중이 무당은 아닐 거 아냐?"

그 말에 노형진은 뭐 씹은 얼굴이 되었다.

⚖

'에잉, 찝찝해라.'

노형진은 찝찝한 얼굴로 유민택이 보내 준 차를 타고 가고 있었다.

'이런 걸로 빚지고 싶진 않았는데.'

아무리 사소한 것이라고 해도 빚은 빚이다. 유민택은 실제로 잘 아는 무당이 있다면서 소개시켜 주겠노라고 했고 그걸 위해 차량까지 보내 줬다.

'그분의 성격을 봐서는 공짜는 아닐 것 같은데 말이야.'

입맛을 다시면서 차를 타고 가던 노형진은 점점 시외로 나가는 차를 보고 고개를 갸웃했다.

"아니, 왜 점점 바깥으로 나갑니까?"

"글쎄요. 저도 모릅니다. 그냥 그분은 여기서 안 살아요."

"네? 그럼 오시라고 하면 안 됩니까?"

"안 됩니다. 귀찮다고 안 와요."

"헐?"

대한민국에서 유민택의 말을 거부할 수 있는 사람이 있다는 사실에 노형진은 살짝 놀랐다. 그것도 재벌가 회장도 아닌 무당인데.

"사람 오는 걸 싫어해서 혼자 조용히 지내십니다. 우리 회장님께서 자주 방문하시는 것도 싫어하셔서요."

"회장님이 오시는 것도 싫어한다고요?"

"네, 귀찮다고."

"뭐, 그런 사람이 다 있어요?"

"저도 모르죠."

운전기사는 웃으면서 말했고 노형진은 왠지 더 찝찝한 기분이 되었다.

그렇게 무려 한 시간을 걸려서 도착한 한적한 시골.

그곳에서 노형진은 얼굴을 찌푸렸다.

'유명한 무당 맞아?'

허름한 주택에 마당에 돌아다니는 닭. 한구석에 있는 비어 버린 외양간. 누가 봐도 무당 집이 아닌 일반인의 집이었다.

"이거 참……."

"일단 들어갔다 오세요."

"네."

여기까지 왔으니 그냥 갈 수는 없었기에 노형진은 빼꼼 고개를 내밀었다.

"실례합니다."

"들어와라."

의외로 카랑카랑한 목소리의 남자 목소리가 들렸고 노형진은 안으로 들어갔다. 그리고 그 안에서 담배를 꼬나물고

이것이 법이다

있는 노인을 발견할 수 있었다.

"뭐야, 이놈은?"

"네?"

"뭐 주워 먹을 게 있다고 여길 왔냐?"

'이번 무당의 콘셉트는 욕쟁이인가?'

노형진은 왠지 이번에도 글러 먹었다는 생각이 들었는데 그 노인은 이리저리 살피더니 탁자를 탁탁 두들겼다.

"선불."

"엥?"

"선불."

"네."

엉겁결에 돈을 내려놓고 자리에 앉은 노형진. 노인은 그런 노형진을 보다가 피식 웃었다.

"제 버릇, 개 못 주지? 안 그래?"

"무슨 말씀이신지?"

"그 망할 오지랖 때문에 그 꼴이 나고도 그거 못 고쳐서 여기로 기어들어 온 걸 보면 말이야."

그 말에 노형진은 갑자기 소름이 쫙 돋았다.

"저기, 무슨 말씀이신지……."

"모르는 거야? 아니면 몰라주기를 바라는 거야?"

"잘 모르겠습니다만."

"뭐, 후자인 것 같네. 위쪽 일에 내가 나설 것도 아니고."

노인은 다시 담배를 꺼내서 불을 붙이고는 길게 빨아들였다.

"그놈의 오지랖은 타고난 거라 못 고쳐. 그냥 그러려니 하고 살아. 그래서 네놈한테 기회가 한 번 더 주어진 거고. 그 순간부터 그 망할 오지랖은 네 인생이다."

"쿨럭."

"벗어나려고 하지 마. 네가 해야 할 일을 제대로 안 하니까 몰려오는 거야. 제대로 했으면 이렇게까지 안 해."

"안 하다니요?"

"몰라서 물어?"

그 말에 노형진은 왠지 짚이는 것이 있었다. 노형진이 새론에 올 때의 조건은 후진 양성이었다. 그러나 사건이 많아지면서 그 부분을 소홀히 하고 있었던 것이다.

"네놈 일도 일이지만 그것도 일이야. 제대로 해."

"네."

"가 봐."

"네?"

"가 보라고."

"끝?"

"그럼 내가 이 노구를 이끌고 칼춤이라도 추리?"

그 말에 노형진은 그냥 가려다가 그래도 찜찜한 마음에 결국 주머니에서 다시 수표를 꺼내 들 수밖에 없었다.

"쯧쯧, 그럴 줄 알았다, 망할 놈. 그놈의 오지랖은 못 고친

다니까. 결국은 내가 칼춤 추게 만드네."

"하하하……."

노형진이 돈을 내려놓자 탐탁하지 않은 듯 몸을 바로 한 노인은 노형진을 보면서 말했다.

"어디서 제대로 된 놈도 아니고 이상한 놈한테 받아 가지 고는. 제대로 굿이 꼬였어."

"꼬이다니요?"

"말 그대로 꼬였어. 그거 풀려면 고생 좀 해야 해."

"그런가요……."

"그래."

노형진은 친구인 우현수의 누나에 대해 말한 적이 없다. 그런데 그는 마치 안다는 듯이 이야기하고 있었다.

"데리고 와 봐. 안 그래도 슬슬 몸이나 풀어 볼까 하고 있 었으니까."

"저기…… 돈은……."

"한 장."

"1천만 원요?"

"1억!"

"헉!"

무슨 굿에 1억이나 하는 건지 노형진은 깜짝 놀랄 수밖에 없었다.

"걱정하지 마. 나올 구멍 있으니까. 물론 네놈의 오지랖 덕분에 네놈이 피곤해지겠지만."

"네?"

"가 봐."

다시 가라는 말에 노형진은 엉겁결에 다시 바깥으로 나왔다. 그러고는 그 건물을 바라볼 수밖에 없었다.

⚖

"뭐라고?"

친구인 우현수는 노형진의 말을 듣고 고개를 기막혀 했다.

"제대로 굿해야 하는 데에 1억이나 든다고?"

"응, 아무리 봐도 헛소리 같지? 도대체 그 돈이 어디서 나온다는 거야?"

"1억⋯⋯."

"왜?"

그 말에 심각한 표정으로 중얼거리는 우현수. 노형진은 그걸 보고 고개를 갸웃했다.

"왜? 무슨 일 있어?"

"아니⋯⋯ 참 묘해서."

"뭐가?"

"그 돈이 나올 구멍이 있다고 했다면서?"

"그거야 그렇지만 그럴 돈이 나올 구멍이 있기는 하냐?"

"있겠냐?"

"그렇지?"

1억이라는 돈은 큰돈이다. 사람이 평생을 모아도 쉽게 모이지 않는 돈이기도 하다. 그런데 그걸 가지고 오라니.

"하아…… 사실은…… 우리가 그때 굿할 때 준 돈이 1억이야."

"뭐라고?"

"우리가 신내림굿을 받을 때 준 돈이 1억이라고."

"야! 왜 그렇게 비싸게 준 거야?"

"유명한 사람이라니까 줬지."

"이런 미친……."

"그걸 돌려받을 수 있을까?"

"야, 그걸 주겠냐? 당연히 줄 리가…… 끄응……."

노형진은 이제는 버릇이 되어 가는 신음 소리를 내면서 머리를 부여잡았다.

"왜? 방법이 있는 거야?"

"방법이라는 게…… 있기는 하지."

"있다니?"

"사기로 고소하는 거. 민사로 돌려 달라고 할 수도 있고."

"진짜?"

"그래."

노형진은 그때 그 노인이 지나가면서 한 말이 왠지 와 닿는 느낌이었다.

'오지랖 때문에 피곤하겠지만⋯⋯이라고 했지? 망할⋯⋯.
난 일상이 죄다 사건, 아니 법이냐? 완전 일상다반법일세.'
  그저 한숨만 나오는 노형진이었다.

사기도 배우는 시대

"이거 곤란한 사건인데?"

그 말에 노형진은 고개를 끄덕거렸다.

"곤란하죠."

굿이라는 것은 종교적인 관점에서 벌어지는 일이다. 그러
다 보니 법원이 판단하기 힘든 부분이 많다. 과연 이게 효과
가 있는지, 적당한 가격인지 그리고 이게 사기의 목적이 있
었는지 등등 말이다.

"자네는 왜 일이 많은지 알아보러 가서 또 일을 가지고 오나?"

"포기하면 편하대요."

"누가?"

"점쟁이가요."

"흠……."

그 말에 송정한은 잠시 생각하는 듯하다가 어깨를 으쓱했다. 더 이상 이야기해 봐야 의미가 없기 때문이다.

"그래서 이 사건을 하자고?"

"하기는 해야지요."

당장 친구 녀석에게 1억이라는 큰돈이 들어올 곳은 없다. 그렇다면 1억을 다시 받아 내야 한다. 문제는 그걸 그 유명한 무당이 줄 리 없다는 것.

"이거 진짜 완전 곤란한 사건인데."

"뭐, 우리는 종교 단체와도 싸워 봤잖습니까?"

"그거야 그렇지만."

만구파와 싸워서도 승리했던 새론이다. 하지만 그건 그들이 명백하게 부정한 집단이었기 때문이다.

"일단은…… 사건을 접수하고 생각해 보죠. 가능하면 조정으로 받아 낼 수 있으면 좋겠는데."

"아마 힘들걸?"

송정한은 어색한 미소를 보였고 노형진 역시 그럴 거라는 생각에 한숨만 내쉬었다.

"역시나."

아니나 다를까, 법원에서 정한 조정 기일에 그 무당은 나오지도 않았다. 하긴 주고 싶은 생각이 있을 리 없다.

"아무래도 안 될 것 같은데? 이봐, 노 변호사, 적당한 방법 없을까?"

"없는 건 아닌데…… 혼자서는 무리겠죠."

"그럼 적당한 사람이라도 붙여 줄까?"

"이번에는 새로운 사람을 좀 데리고 갈까 하는데요."

"새로운 사람?"

"솔직히 요즘에 새로운 사람한테 기술을 전수해 주지 않았잖아요?"

"그건 그렇지."

노형진이 새론에 온 것은 변호사들에게 자신의 변론 기법을 전수해서 수많은 피해자들에게 더 많은 혜택을 주기 위해서였다. 그런데 언제부터인가 익숙한 사람들끼리 일하고 있었다.

그러다 보니 어려운 사건들이 모조리 노형진과 그 기술을 배운 사람들에게 몰렸다. 힘들더라도 미리미리 스킬을 전수했다면 지금처럼 사건이 늘어나지는 않았을 것이다.

'어찌 보면 자초한 거지.'

"확실히 새로 들어온 사람들 중에서 노 변호사의 방법을 배운 사람은 없었지?"

송정한도 현 상황을 아는 건지 고개를 끄덕거렸다.

"마침 적당한 사람도 한 명이 있고 말이야."

"적당한 사람?"

"그래, 딱 좋은 사람 한 명이 있지. 다만 노 변호사가 좀 속 터질 거야. 하하하."

그 말에 노형진은 고개를 갸웃할 수밖에 없었다.

"안녕하세요."

인사하는 남자를 보면서 노형진은 참 이상하다는 얼굴이 되었다. 발음이 어색했기 때문이다. 뭐랄까, 말끝이 살짝 올라가는 느낌?

"편하게 말하세요."

"안녕하세유. 반갑구면유. 이번에 입사한 유명한이라고 해유."

"……."

"성님, 소문은 많이 들었어유. 많은 지도 편달 부탁드려유."

노형진은 그 말을 들으면서 부들부들 떨었다.

'힘들 거라는 게 이것입니까?'

변호사의 덕목 중 하나가 바로 표준어로 또박또박 말하는 것이다. 그런데 변호사라는 사람이 이렇게 화려한 사투리라니.

"제가유, 어려서 여기저기 이사를 다니다 보니 사투리가 좀 이상하구먼유. 그래서 쪼깨 말이 껄쩍찌근 함씨롱 양해 부탁드려유."

"아니, 이사를 산골로만 다녔습니까?"

"네! 캬! 역시 대단하시네유. 우리 집이 저 태어나고 나서 쫄딱 망해서 빚 땜시 산골로만 도망을 다니다 보니……."

'윽…… 이것이 바로 맹모삼천지교의 역효과의 대표적인 사례인가?'

맹모삼천지교란 맹자의 어머니가 아들의 미래를 위해 세 번이나 이사한 것을 이르는 고사성어이다. 그런데 보아하니 이 사람은 빚쟁이들을 피해서 도망 다니다 보니 온 사방의 사투리는 다 배운 모양이다. 아무래도 산골은 노인들이 많고 폐쇄적이라 사투리가 심하니까.

"듣고 한 번에 아시다니. 그러닝께 역시 변호사님이 대단 하다고 하시는 듯하네유."

거기에다 말까지 많다.

'최악이다.'

말하는 방식은 최악이다. 그런데 성적은 최악이 아니었다.

노형진은 그의 이력서를 살폈다. 사법연수원 졸업 성적이 23위. 낮은 점수처럼 보이지만 실상 사법연수원에서 높은 순 위는 판사나 검사로 가기 때문에 그들을 빼면 최상위권이다. 아니, 이 점수면 판사 쪽도 노릴 수 있을 만한 점수였다. 즉, 애초부터 변호사를 꿈꿨다는 뜻.

'거기에다 이게 다 독학이란 말이지?'

그렇게 도망 다니면서 혼자 공부해서 지방대 법대에 다니는 와중에 일한 돈으로 등록금까지 내면서 사법시험에 한 번에 붙었다는 건 이 인간도 자신 못지않은 괴물급이라는 뜻이다. 최소한 자신은 공부에만 올인했고 미래의 지식도 가지고 있는데 이 인간은 그것도 없었으니

'어쩌면 머리 자체는 나보다 좋을지도.'

"진짜로 노 변호사님을 뵙는 게 꿈이었구먼유. 사법연수원의 전설. 변호사들의 전설. 새론에 합격했을 때는 너무 좋아서 잠도 못 잤을 정도라니까유."

'아…… 수다…….'

아무래도 흥분하면 말을 많이 늘어놓는 스타일인 것 같은데 온갖 지방의 사투리로 말하니 솔직히 변호사로서는 믿음이 안 가는 타입이 되어 버렸다.

"아, 그리고 노 변호사님."

"네?"

"전 개인적으로 코난은 잘 모르닝께 걱정하지 마셔유."

"코난요?"

노형진은 그게 무슨 소리인가 한참 고민하다가 그의 이름을 생각하고는 한숨을 쉬었다. 그는 어떤 유명한 만화에서 맨날 뒤통수에 마취 침을 맞고 쓰러지는 그 탐정과 동명이다. 그런데 지금 그걸로 농담한 것이다.

노형진은 마음을 독하게 먹었다.

"유 변호사."

"네!"

"지금부터 당신의 콘셉트는 카리스마입니다."

"네?"

그는 이해하지 못한 채로 노형진을 바라볼 뿐이었다.

⚖

"이런 사건은 진짜 애매하네유. 도무지 어디서 시작해야할지 감을 못 잡겠시유. 일단은 다짜고짜 물어볼 수도 없고."

"유 변호사, 제가 뭐라고 했지요?"

"카리스마……."

"그렇지요?"

"네."

유명한은 조용히 입을 다물었고 그제야 노형진은 생각에 잠길 수 있었다.

'일단 돈을 그냥 줄 리 없다. 결국은 사기라는 것을 입증해야 하는데.'

문제는 굿이라는 것의 효과가 법적으로나 과학적으로나 인정되지 않았다는 것이다. 정확하게 말하면 굿이라는 것은 그저 플라세보효과에 따른 정신적 안정 효과 정도로 인정할 뿐이지, 그 이상은 인정하지 않는다.

'그러다 보니 규정화된 금액이 없다는 게 큰일인데.'

굿하는 것은 제각각이다. 좀 싸게 하는 곳은 몇백이지만 비싸게 하는 곳은 수천이 들고, 친구의 경우 원래 신내림굿이 비싼 데다가 바가지까지 써서 1억이라는 큰돈이 들었다고 한다.

'그러니까 사기라는 것을 입증할 방법이 없다는 건데.'

애초에 그 효과가 정확한 것도, 가격이 정해진 것도 아닌 굿이라는 것을 어떻게 사기와 엮는단 말인가?

"노 변호사님, 이참에 여러 곳에서 좀 더 알아보는 게 어떨까유? 그러다 보면 뭐든 나오지 않겠시유?"

"그거야 좋은 생각입니다만……."

아무래도 이런 전문적인 것은 이런 것에 대해서 잘 아는 사람이 있어야 한다. 그런데 그런 것에 대해 잘 아는 사람 중에 노형진이 아는 사람은 유민택이 소개시켜 준 그 노인네뿐이라는 것이다. 그리고 그 사람은 그다지 소상하게 알려 줄 타입이 아니었다.

"음……."

"이런 건 역시 그쪽에 있는 사람에게 물어보는 게 어떨까유? 찾아보면 그런 사람이 있을 것 같은데유."

"유명한 변호사, 전에도 말했지만 소송할 때 재판정에서 사투리를 쓰는 것은 좋지 않습니다."

"왜유? 일단 알아들으면 끝 아닌가유?"

'그러면 나도 좋겠지만.'

애석하게도 재판이라는 것이 그렇게 공평하지 못하다는 것이 문제다.

"사투리를 쓰는데 판사가 그 해당 지역 판사라면 동향으로서 뭔가를 요구한다고 생각할 수도 있고, 반대로 그 지역과 사이가 좋지 못한 곳의 판사라면 판결에 사견이 들어가서 더 불리한 판결이 날 수도 있습니다. 애써 사람들이 표준어를 쓰는 것에는 다 이유가 있습니다."

"그런가유? 어떻게 해서든 고쳐 보려고 하는디 안 되네유."

"말을 좀 천천히 한다고 생각하세요. 그럼 좀 나아질 겁니다."

"알겠습니다유."

'하나만 하든가…….'

노형진은 한숨을 쉬면서 고개를 흔들었다. 어쩐지 유명한을 가르치는 것이 쉬운 일이 아닐 거라는 생각이 들었기 때문이다.

"하지만 확실히 유 변호사의 말이 맞습니다. 이번 일은 좀 아는 사람의 도움이 없으면 전혀 승산이 없는 싸움이군요."

지금까지 있었던 모든 사건들은 노형진의 지식 안에서 어떻게 해서든 해결되었지만 이것은 노형진이 전혀 알지 못하는 낯선 세계인 것이다.

'이거 참…… 이래서 로스쿨에서는 경험이 많은 사람을 뽑

기로 한 거였는데.'

안 그래도 현재 로스쿨에서는 다른 곳과 다르게 전혀 새로운 경험을 가진 사람들을 적극적으로 받아들이고 있었는데 이런 문제가 이렇게 빠르게 닥칠 거라고는 생각도 못 했다.

'그렇다고 점쟁이 출신 로스쿨생이 있을 것 같지는 않고.'

있다면 도움을 좀 받을 수 있을 것 같지만 점쟁이 출신은 없는 것으로 알고 있었다.

"혹시 아는 사람 없습니까?"

"아는 사람이유?"

"네, 이쪽으로 아는 사람 말입니다."

"음……."

잠시 고민하던 유명한은 손바닥을 탁 부딪쳤다.

"그러고 보니 우리 학교 고고학과에 특이한 교수님이 한 분 계셨어유."

"특이한 분?"

"한국 전통, 특히 이런 무속 신앙에 대해 관심을 많이 가지고 있었쥬. 아마 그분이라면 잘 아실 것 같네유."

그 말에 노형진은 고개를 끄덕거렸다. 확실히 학문적으로 접근하는 사람이라면 많은 이야기를 듣기 마련이니까.

"그럼 그분한테 이야기를 좀 들어 보죠. 좀 더 자세한 이야기를 들을 수 있다면 말입니다."

"바로 연락해 볼게유."

'이거 참…… 이번 사건은 여러모로 내 상상을 초월하는 사건이네, 진짜.'

사실 자신과 전혀 상관없는 세계인 무속 쪽 사건을 담당하게 된 것도 신기한 일인데, 더 웃긴 건 지금 눈앞에 있는 교수라는 사람이었다. 한국 전통, 특히 무속 신앙 쪽에서는 상당히 유명한 사람이라고 들었는데, 그 실체가 노란 머리카락의 파란 눈을 가진 외국인이었기 때문이다.

"반갑습니다. 올리버칸 슈나이더입니다."

'심지어 독일인이야!'

냉철한 이성의 국가라 불리는 독일인이 한국 전통 무속 신앙 전문 학자라니.

"좀 당황스러우신가 보군요. 하하하."

"솔직히 그러네요. 하하하."

'심지어 유명한 변호사보다 말도 잘해!'

노형진은 참 세상은 넓다는 생각을 하면서 슬쩍 유명한을 바라보았지만 그는 전혀 눈치채지 못한 얼굴로 빙긋 웃을 뿐이었다.

"그나저나 사정은 들었습니다. 하지만 제가 증언해 드리는 건 힘들지 싶은데요. 물론 조언이야 해 드릴 수 있겠지만."

"그렇겠지요. 죄송합니다."

"아닙니다. 이해할 만큼 한국에서 충분히 오래 살았습니다. 한국은 특이하면서도 매력적인 나라지요. 하하하."

그의 말은 간단했다. 자신이 백인이기 때문에 사람들이 믿지 않을 거라는 것이다. 하긴 이건 전통문화인데 그걸 외국인이 더 잘 안다는 것을 믿기는 힘들겠지.

"그래, 어떤 것이 궁금하신 것인가요?"

"사실은……."

노형진은 사정을 이야기했고 슈나이더는 조용히 그 이야기를 들으면서 고개를 끄덕거리더니 노형진의 이야기가 끝나자 드디어 입을 열었다.

"아무리 봐도 사기가 맞는 것 같군요."

"그렇지요?"

"네, 일단 제가 알고 있는 일반적인 방식에 비해 상당히 비싼 가격을 불렀습니다. 그리고 신내림 방식도 특이하고요."

"특이하다?"

"기본적으로 신내림은 단순한 굿의 과정이 아닌 새로운 관계의 정립에 가깝습니다."

신내림을 해 주는 무당과 신내림을 받는 무당의 관계는 단순히 돈을 받고 끝나는 것이 아니다. 신내림을 해 주는 무당은 '신엄마'라고 불리며 신내림을 받은 사람과 정신적인 교감관계가 형성한다. 신내림을 받는 순간부터 그들은 단순한 고객이 아니라 사제 관계를 넘어선, 어찌 보면 영혼으로 이루어진 부모와 자식 관계가 된다는 뜻이다.

"거봐유! 사기 맞자나유. 사람에게 막 잡일을 시키는 건 말도 안 돼유."

유명한이 발끈하자 노형진은 그를 노려보았다.

슈나이더는 빙긋 웃었다.

"유명한 탐정, 아니 유명한 변호사! 하하하! 우리 학교의 명물이었죠."

"명물요?"

"네, 제 수업은 교양으로 잠깐 들었지만 워낙 사투리가 많지 않습니까? 제 입장에서는 상당히 관심이 가는 사례였지요."

"하하하."

하긴 그는 한국 전통에 매료되어 여기서 교수 노릇을 하고 있는 것이니까.

"사람들은 잘 모르지만 신내림에는 두 가지 방식이 있습니다. 하나는 기존에 있던 신을 넘겨주는 방식과 하나는 들어온 신을 깨워 주는 방식이죠."

"넘겨주는 방식과 깨우는 방식?"

"네, 그 둘은 전혀 다릅니다. 넘겨주는 방식은 보통 신엄마, 그러니까 무당이 이제 은퇴를 앞두고 있을 때 많이 합니다. 말 그대로 모시고 있던 신을 넘기는 거죠. 성당으로 치면 교구를 이끌던 신부님이 그곳을 넘기고 은퇴하는 거죠. 그에 반해 깨우는 방식은 신이 들어와 있는 사람이 제대로 접신할 수 있게 방식을 알려 주는 것입니다. 확연히 다르죠."

"그런데요?"

"그런데 1억이라는 비용은 일반적으로 전자, 그러니까 신을 넘겨줄 때 주는 경우가 많습니다. 신을 넘겨준다는 것은 생활을 이어 갈 수 없게 된다는 뜻이니까요. 그에 반해 후자는 대략 2천 정도입니다. 개척 교회의 목사를 만드는 개념에 가깝죠."

노형진은 그걸 들으면서 '이쪽 세계도 쉬운 건 아니구나.'라는 생각을 했다. 그때 그런 생각을 알아챈 건지 슈나이더가 호탕하게 웃었다.

"하하하, 복잡하죠? 한국 사람들은 무당이라고 무시하지만 샤머니즘, 즉 무속 신앙은 말 그대로 하나의 민족의 정서가 다 담겨 있는 종교입니다. 흥하지 않았다고 해서 쉬운 건 아니죠."

"끄응……."

"하여간 단순히 일을 시키는 것 때문에 사기라고 할 수는 없습니다. 원래 신엄마는 신을 받은 사람을 데리고 있으면서 음식을 만드는 법부터 모든 굿하는 방식까지 가르치는 것이거든요. 도제식 교육이니까요."

그 말에 노형진은 고개를 끄덕거렸다.

"하지만 말을 바꿔야겠군요. 도제식 교육이었다고 말입니다."

"네?"

"엥?"

노형진은 슈나이더의 말에 이게 무슨 소리인가 했다. 과거 형이라니? 지금은 도제식 교육이 아니란 말인가?

"애석하게도 지금은 무당 학원 같은 게 생겼죠."

"뭔 학원요?"

노형진은 자신의 귀를 의심했다. 별의별 학원은 다 들어 봤지만 무당 학원이라는 건 처음 들어 봤기 때문이다.

"애석하게도 한국만의 문화가 비뚤어지면서 나타난 거죠. 한국의 문화는 기본적으로 기복 신앙입니다. 즉, 보통은 금전을 바라죠. 그러다 보니 그러한 방식에 특화되어 있는 굿들이 있고 그걸 위해 거래하는 경우가 많습니다. 그래서 그런 것을 가르치는 곳들이 실제로 있습니다. 알려지지 않았지만요."

'이런 미친.'

노형진은 욕하려다가 말았다. 만민구원파 사건에서 보듯이 돈만 된다면 하나의 종교도 도구로 사용하는 것이 인간이기는 하다.

"하여간 그러한 곳은 제대로 된 곳은 아닙니다. 그리고 제가 봐서는 그 가짜 무당은 그런 곳 출신인 것 같군요."

"그걸 어떻게 아셨습니까?"

"일단 이 사진을 보면 알 수 있지요."

그는 모니터 화면을 돌려서 어떤 장면을 보여 줬다. 그리고 그곳에는 굿하는 그 여자의 모습이 나타나 있었다.

"인터넷에서 이런 게 있습니까?"

"지금은 21세기입니다, 노 변호사님. 하하하."

'그러니까 말입니다. 에휴.'

21세기에 사기꾼 무당에 대해 강의를 듣는 노형진은 왠지 괴리감이 느껴졌다.

"일단 간단하게 말씀드리면 이 깃대를 잡고 있는 사람이 나이가 너무 많습니다."

"나이가 많다니요?"

"굿할 때 깃대는 신이 내려오는 통로의 역할을 합니다. 그래서 진짜로 굿을 하면 부들부들 떨리죠."

"그런데요?"

"생각해 보십시오. 신이 내려오는 통로인데 아무나 잡게 해 주겠습니까?"

"아!"

"네, 기본적으로 깃을 잡는 사람은 가장 믿을 만한 수제자, 그러니까 신딸이나 가장 가까운 동료 무당입니다. 신내림의 경우라면 신을 받아야 하는 사람이 잡는 경우도 있습니다만. 그리고 신이 내려온 후에는 누가 잡고 흔들지 않는다는 걸 증명하기 위해 다른 사람이 잡기도 합니다."

"그런데 이게 왜 문제가 된다는 거죠?"

"말씀드렸다시피 깃대를 잡는 무당은 신딸, 아니면 동료입니다. 기본적으로 상급자가 깃대를 잡지는 않지요. 그런데 이 깃대를 잡고 있는 사람의 나이를 보십시오."

"아!"

딱 봐도 신딸이라고 하기에는 나이가 너무 많았다. 아무리 신내림이 관련이 있다고 해도 신딸이 어머니보다 나이가 많을 수는 없는 법. 그렇다면 친구나 동료라는 것인데 동료라고 보기에도 나이 차가 심했다.

"상식적으로 이런 순서로 깃대를 잡지는 않지요."

"흠……."

"저도 자세한 정보는 모르겠습니다만 이런 식으로 하는 거라면…… 그쪽 학원 출신일 가능성이 높지요."

"그래요?"

"그리고 의심 가는 게 하나 더 있습니다."

"어떤 것 말이죠?"

"이겁니다."

슈나이더는 그 무장의 이름을 검색했다. 그러자 엄청나게 많은 홍보물이 떠올랐다.

'어머니가 어디서 정보를 얻었나 싶었더니.'

넘쳐나는 홍보 사이트들.

"진짜 무당들에게 이런 말이 있지요. 무당이 돈맛을 알면 신이 떠난다."

"그럼?"

"진짜 무당이라면 이렇게 홍보할 리 없죠."

그 말에 노형진은 방향을 잡을 수 있었다.

"그렇군요. 후후후."

"망할 년 같으니라고."

우현수는 고급 차량을 끌고 들어오는 무당, 김순림을 바라보면서 이를 빠드득 갈았다. 그리고 김순림 역시 그런 우현수를 바라보면서 마구 욕했다.

"망할 놈! 은혜를 원수로 갚아? 신께서 네놈을 용서해 줄 것 같으냐!"

"웃기는 소리 하지 마! 네놈 때문에 우리 누나가 정신병원에 갇혀 있어! 알아?"

"그년이 미친 게 왜 내 책임인데!"

"뭐라고!"

"미친년을 미친년이라고 부르지, 뭐라고 불러!"

"이년이!"

우현수가 참다못해서 그쪽으로 튀어 나가려고 하자 노형진은 그런 그를 말렸다.

"진정해. 어차피 이번 사건은 네 누나의 정신병에 대한 싸움이 아니야."

"하지만······."

"억울하지만 법적으로 할 수 있는 것과 할 수 없는 게 있는 거야."

"후우, 후욱."

결국 우현수는 이를 빠드득 갈다가 부들부들 떨면서 주저 앉았다.

"미안하다."

"미안할 것까지야. 나도 네 기분 안다."

억울한데 억울해서 미칠 것 같은데, 그럴 수도 없고 화를 낼 수도 없는 것이 있는 법이다.

"일단 이걸 찾아서 해 봐야지."

"그래."

노형진의 말에 우현수는 고개를 끄덕거렸다. 다만 노형진은 그게 걱정될 뿐이었다.

'그게 진짜 되는 건지 모르겠지만 말이야.'

슈나이더의 말에 따르면 굿을 잘못할 경우 도리어 신이 화가 나서 안 하느니만 못하게 된다고 한다. 그리고 그런 경우라면 어쩌면 제대로 하면 풀릴지도 모른다고 했다. 물론 어디까지나 가능성이다. 제대로 화가 나서 해코지하고 떠난 경우라면 대책이 없다면서 말이다.

'아이고, 머리야. 인간들의 세계도 정신없는데 내가 왜 이런 것까지 신경을 쓰는 건지.'

노형진은 고개를 절레절레 흔들었다.

"다음 사건 준비하세요."

그러는 사이 드디어 시간이 되었고 노형진은 우현수를 다독거리면서 안으로 들어갔다.

"힘내라."

"고맙다."

"고맙기는."

힘들어하는 친구의 모습을 보면서 노형진은 마음을 독하게 먹었다.

'그래, 신들의 세계는 내가 알지 못하지만 한 가지는 확실하지. 내가 아는 한도 내에서 최대한 노력한다면 신들도 언젠가는 봐준다는 것 말이야.'

그리고 노형진은 이번 사건에서 최선을 다할 생각이었다.

⚖

"친애하는 재판장님, 이번 사건은 피고 측이 원고에게 금전을 목적으로 필요하지 않은 굿을 강요하여 발생한 사건입니다."

노형진은 천천히 변론을 시작했다. 하지만 상대방 변호사는 시큰둥한 표정이었다.

'하긴 이런 사건이 극도로 우리가 불리하기는 하지.'

아무리 자신들이 이야기한다고 해도 결국 돈을 주고 굿을 한 것은 본인의 선택이니까.

"친애하는 재판장님, 원고 측의 주장은 터무니없습니다. 일단 기본적으로 이것이 사기라는 증거가 없습니다. 사기라고 한다면 투자금을 가로챈다거나 어떠한 목적으로 받은 돈을 횡령한다는 식으로 목적에 반하는 의식을 가지고 접근하는 것을 말합니다. 하지만 원고 측은 분명 피고에게 굿해 달라고 했고 피고 측은 그에 맞게 굿해 줬습니다. 그것으로 모든 계약은 종료된 것입니다."

이런 사건들이 쉽지 않은 것은 바로 이런 식으로 명확하게 대가가 정해져 있지 않기 때문이다. 저들은 분명 이쪽에서 요구한 것 중 외형적인 것은 했다. 다만 내형적인 것이 이루어지지 않았다는 게 문제인데, 그걸 해석하는 데에 가장 골치 아픈 것은 그 내형적인 것이 단 한 번도 과학적으로도, 또 법적으로도 인정되지 않았다는 점이다.

"친애하는 재판장님, 그 부분은 인정합니다. 원고 측에서 요구한 것은 굿이라 불리는 일종의 기도 행위입니다. 그리고 확실히 그 기도 행위를 피고 측이 행하기는 했습니다. 하지만 그 기도 행위의 기본적인 목적을 알아야 합니다. 그 당시 원고 측이 요구했던 행위는 소위 말하는 신내림굿, 즉 신을 받아서 무당이 되기 위한 굿이었습니다. 그러니 피고 측의 굿 이후 원고 측은 신내림을 받아서 무당이 되기는커녕 갑작스러운 정신이상 증세를 보여 정신병원에 입원한 상태입니다."

"그건 참으로 안타깝게 생각합니다. 하지만 그 내면의 완성이라는 것을 어떻게 판단합니까? 신내림이라는 게 어떻게 완성되었는지 알 수 있나요? 신이 내려오면서 전입신고라도 한답니까?"

상대방은 깐죽거리면서 노형진을 바라보았다. 그걸 본 판사조차도 얼굴을 찌푸릴 정도였다.

"피고 측 변호인, 여기는 신성한 법원입니다. 상대방에 대한 모욕적인 언사는 자제하여 주십시오."

"알겠습니다, 판사님, 하지만 말씀드렸다시피 내형적인 모습을 판단할 수 있는 방법은 없습니다. 이런 예를 들어 보죠. 어떤 학원에서 어떤 대학에 붙을 때까지 가르치겠다고 계약했다면 그 기준은 어느 때가 될까요? 진짜로 목표하는 대학에 갈 때까지? 그런데 만일 학생이 학원비를 체납할 목적으로 다른 대학을 지원한다면요? 그럼 그 학원비는 안 줘도 되는 건가요? 아닙니다. 줘야 합니다. 왜냐! 그건 그 학생의 시간뿐만 아니라 실력을 기준으로 해서 입니다. 상식적으로 A 대학에 가기로 했다가 B 대학에 갔는데 사회적으로 B 대학이 더 상위 대학이라면 그게 과연 학원의 계약 불이행일까요? 아닙니다. 그건 초과 이행이죠. 그럼 반대로 이야기해 보죠. A 대학에 가면 학원비를 주기로 했는데 나오지도 않고 공부도 안 하고 시간만 끌어서 결국 C 대학에 갔습니다. 그렇다면 그건 학원의 잘못일까요? 아닙니다. 안 나간 건 학생입니다. 이 사건도 마찬가지입니다. 신내림굿이라는 것을 해 주기로 했습니다. 그리고 그걸 했습니다. 그 후에 진실로 신내림이라는 것을 받았는지, 어디서 잡신이 기어들어 왔는지는 모르지만 그걸 받아들인 건 원고 측입니다. 피고 측은 그걸 행하기 위해 형식적인 모든 것을 완벽하게 이행했습니다."

'잡신이 기어들어 와?'

노형진은 상대방 변호사를 보면서 얼굴을 찌푸렸다. 아까부터 도발하고 있었기 때문이다.

'날 놀리는 건가? 아니면 다른 목적이 있는 건가?'

한참을 생각했지만 아무리 생각해도 피해자를 놀릴 이유도, 또 도발할 이유도 없었다. 이번 재판은 무당에게 극도로 유리한 재판이니까.

'그럼 단순히 이번 재판, 아니 우리가 싫다는 건데.'

그렇다면 참 이상한 일이다. 일반적으로 변호사가 상대방에게 이런 노골적인 감정을 드러내는 건 드물기 때문이다. 물론 노형진은 몇 번 그런 적이 있지만 그건 다 계획적으로 드러낸 거지, 이런 식으로 무작정 혐오감을 드러내지는 않았다.

"애초에 이번 사건은 단순합니다. 원고 측은 피고 측에 대하여 신내림굿을 요구했고 피고 측은 원고 측에게 해당 내용의 굿을 진행했습니다. 그 효과에 대해서는 과학적으로 인정된 적이 없으며 그 점은 원고 측도 충분히 알고 있었습니다.

그럼에도 불구하고 그 당시 원하는 효과가 나타나지 않았다는 이유로 그 금액을 반환한다면 과자를 뜯어서 먹고 맛없다고 환불해 달라고 하는 것과 전혀 다를 바 없는 것 아닙니까? 이건 어린아이들도 하지 않는 유치한 행위입니다."

그의 도발에 노형진은 애써 자신을 다스리면서 차분하게 반박했다.

"하지만 해당 굿을 하고 난 후에 원고 측 피해자는 그곳에서 관련 기술을 전수받던 도중 정신이상을 일으켰습니다. 그 책임에 대해서는……."

"그 부분은 안타깝게 생각합니다. 하지만 피고가 가혹 행위를 하거나 신체가 손상된 것도 아닌 정신상 문제입니다. 오로지 원고 측 피해자라고 하는 사람이 혼자 미쳐 날뛴 것일 뿐입니다. 도리어 그녀의 행동으로 인해 그날 피고는 막대한 금전적 피해를 입었습니다. 손님들이 도망갔고 안 좋은 소문이 나기까지 했지요."

"날뛰다니유! 무슨 말을 그렇게 해유!"

듣고 있던 유명한이 발끈한 나머지 사투리를 외치면서 튀어 나가자 노형진은 머리를 부여잡았다.

'아이고, 머리야.'

"아닙니까? 도리어 피해자는 피고입니다. 그날 본 손해를 원고 측이 배상해도 부족할 판국이란 말입니다."

그 말에 유명한이 다시 발끈하려고 하자 노형진은 그를 진정시켰다.

"진정하세요, 유 변호사. 카리스마, 카리스마."

"네…… 카리스마, 카리스마……."

중얼거리면서 상대방을 노려보는 유명한. 그리고 그걸 본 상대방은 왠지 움찔한 듯했다.

'그래…… 얼마나 좋아.'

입만 다물고 있다면 카리스마가 넘치는 사람인데 이상하게 입만 열면 사투리라니.

"그 당시 사건은 알지 못하니 양해 부탁드립니다. 다만 이번 사건이 더 중요하다고 생각됩니다."

"이번 사건 역시 결국 원고 측의 우기기 전략일 뿐입니다. 피고는 굿해 달라는 계약을 했고 그에 맞는 행동을 함으로써 그 계약이 성립되었습니다."

이건 씨도 안 먹히고 있었다. 문제는 저쪽의 말이 맞다는 것.

"하지만 상식적으로 과한 금액입니다. 상식적으로 굿 한 번에 1억씩 주는 경우가 어디 있습니까?"

"시가를 생각해 보십시오. 솔직히 신내림굿은 통상적으로 3억 가까이 하는 경우도 있습니다. 1억이면 피고가 싼 가격에 해 준 것입니다."

"으윽……."

맞는 말이다. 여러 가지 굿이 있기는 하지만 그중 제일 비싼 것이 바로 신내림굿이다.

"그만. 어차피 굿이라는 것에 대한 효과는 알 수도, 증명할 수도 없습니다. 그에 대해서는 더 이상 언급하지 마십시오."

노형진은 그 말에 사색이 되었다.

'망했다.'

끈질긴 놈들

"힘들어유?"

"이건 도무지 대책이 없군요."

첫 번째 기일은 그야말로 참패였다. 제대로 공격도 해 보지 못하고 끝난 것이다. 하긴 애초에 굿이라는 것의 효과가 확실한 게 아니었으니⋯⋯.

"판사도 잘못 만났습니다. 말하는 걸 보니 이런 걸 믿지 않는 판사인 듯하더군요."

그나마 이런 걸 믿는 사람이라면 일부라도 돌려받을 가능성이 있지만 그런 타입이 아니라면 돌려받을 가능성은 요원하기만 하다.

"힘든데 어쩌쥬?"

"글쎄요……. 사기라는 걸 증명할 만한 방법이 없어 보입니다."

도무지 길이 보이지 않는 상황이었다.

그때였다. 여직원이 고개를 빼꼼 내밀었다.

"노 변호사님, 손님이 오셨는데요?"

"손님?"

"네."

"들어오시라고 해요."

여직원이 고개를 빼꼼 내밀며 손님을 안내했고 노형진은 그를 보고 얼굴이 환해졌다.

"슈나이더 교수님!"

"반갑습니다, 노형진 변호사님. 유명한 변호사님도 반갑습니다."

"여기는 어쩐 일로 오셨습니까?"

"재판이 잘 안 풀린다고 하더군요."

"그걸 또 어떻게……."

"아무래도 이런 재판은 무속인들의 관심을 끌거든요."

"그래요?"

"전에도 말씀드렸다시피 무속인들 중에서 사기꾼이 워낙 많다 보니……."

진짜 무속인들도 사기꾼들이라면 이를 갈 수밖에 없었다. 하긴, 어디에서든 사기꾼들로 인해 대부분의 바른 사람들이 욕을 먹는 경우가 많긴 하다.

"그래서 잠시 도움을 좀 드릴까 해서 왔습니다."

"도움요?"

"네."

"저야 환영합니다. 법적으로는 완전히 밀리고 있어서요."

"법적으로는 그렇지요. 하지만 사기꾼들 치고 제대로 하는 거 보셨습니까?"

"하긴 그러네요."

확실히 굿을 하는 것은 상당히 힘든 일이다. 더군다나 한 명의 무당을 만드는 신내림굿은 쉬운 일이 아니다.

"일단은 그 피해자라는 분과 만나서 이야기하고 싶네요."

"애석하게도……."

피해자는 어찌 되었건 정신병원에 있는 상황.

"그럼 그 당시 굿을 함께 본 사람도 없습니까?"

그 말에 노형진은 한참 생각했다.

'그러고 보니 그 당시 이야기를 듣지 못했네.'

그저 굿이라 생각했지, 그 굿 전반에 대해서는 들어 본 적이 없다.

"일단 제 친구를 불러야겠군요. 아마 그 친구라면 알 겁니다."

"그래 주시면 감사하지요."

슈나이더는 자리를 잡고 앉았고 노형진은 바로 전화를 걸어서 우현수를 불렀다.

잠시 후 도착한 우현수가 그 당시에 있던 일을 이야기하자 슈나이더는 고개를 갸웃했다.

"이상하군요."

"네? 뭐가요?"

"신내림굿이 아닌 듯합니다."

"아니라니요?"

"신내림굿은 상당한 시간이 걸립니다. 사실 신내림굿은 한 달에서 한 달 보름, 길게는 두 달도 걸리는 경우도 있습니다."

"네?"

"에엑!"

"그렇지 않으면 그렇게 비쌀 이유가 없지요."

"하지만……."

우현수의 기억대로라면 자신의 누나는 일주일간 굿을 했다. 그런데 최소 한 달이라니?

"지역과 사람마다 다르지만 일단 신내림굿은 갈림굿부터 시작해서 내림굿, 접신굿 등 기본적으로 하는 것만 여섯 개입니다. 하루에 하나씩 잡아도 일주일이나 걸리죠. 더군다나 음식도 주문해서 쓰는 게 아니라 무당이 직접 만들어야 합니다. 당연히 시간이 더 걸리죠. 뭐, 그걸 미리 준비했다고 해도 처음에 준비한 걸 일주일 내내 쓸 수는 없으니 결국 하루 굿하고 하루 준비하는 식이 됩니다. 신내림이라는 게 장난이 아니거든요."

"그래요? 하지만……."

"네…… 그게 이상하다는 겁니다. 기본은 여섯 개입니다. 확실히 어떻게 남의 손을 빌린다면 끝낼 수도 있죠. 하지만 말 그대로 기본은 기본입니다. 차량으로 보면 엔진하고 뚜껑만 덮은 거죠. 원래 그 후에 세 곳의 산과 세 곳의 바다와 세 곳의 강에서 다시 굿을 합니다. 한국은 '3'이라는 숫자에 굉장히 의미를 두는 편이거든요. 오죽하면 삼세번이라는 말이 있지요. 그것만 해도 열다섯 번입니다. 굿을 하는 과정을 보면 엄청나게 힘들죠. 결과적으로 시간이 무척 오래 걸릴 수밖에 없습니다. 그래서 진짜 만신들은 최대한 신내림굿을 피합니다. 시간이 문제가 아니라 기본적으로 무당은 천형이라 생각하기 때문에 남을 무당을 만드는 걸 좋아하지 않지요."

"……?"

생각지도 못한 말에 노형진은 멍해졌다.

'이런, 실수다. 역시…… 전문가를 한 명이라도 끼워 넣어야 했어.'

그랬다면 당연히 이런 일에 대해서 알았을 것이다. 하지만 자만한 나머지 굿도 비슷할 거라 생각했다.

"하지만 그런 식으로 안 하던데요? 음식도 썼던 걸 다시 쓰고."

"네?"

슈나이더는 기가 막히다는 표정을 지었다.

"다시 썼다고요?"

끈질긴 놈들  171

"네, 물론 나물 같은 거 말고요. 과일같이 상하지 않는 음식들요."

"그건 상하고 안 상하고의 문제가 아닙니다. 상식적으로 생각해 보십시오. 잔칫집에 갔는데 남이 먹던 음식을 주면 기분 좋겠습니까? 진짜 만신분들은 한번 썼던 음식은 절대로 다시 올리지 않습니다."

"이런……."

결과적으로 제대로 사기당했다는 것이다. 노형진은 결국 자기 잘못을 인정할 수밖에 없었다.

"슈나이더 교수님, 혹시 도와주실 수 있을까요?"

"그거야 어렵지 않습니다만 제가 나가서 증언해도 사람들이 안 믿을 텐데요?"

"증언해 달라는 게 아닙니다. 몇 가지 공방을 위한 질문을 감수해 주셨으면 합니다."

"그거라면야."

노형진은 그 말에 바로 종이를 꺼내 들었다.

'다음번에는 제대로 한번 붙어 보자, 이 새끼들아.'

⚖️

다음 변론일이 되자 상대방 변호사는 당연히 승리할 거라는 얼굴로 나왔다. 하긴 그도 판사가 이런 행동에 대해서 안 믿는 사람이라는 것을 알았을 테니 법적으로도 문제가 없는 이상 완벽하게 이길 수 있을 거라 생각할 것이다.

"친애하는 재판장님, 원고 측은 지난번 재판 이후 확인해야 할 몇 가지 사항이 있어서 증인으로 피고를 신청하고자 합니다."

"인정합니다."

그 말에 김순림은 예상이나 한 듯 위로 올라왔다.

"증인."

"네."

"증인은 그 당시 굿을 제대로 했습니까?"

"네, 다 했습니다. 저는 제대로 모든 것을 마쳤습니다."

"제대로 했다라……."

노형진은 김순림을 바라보면서 천천히 입을 열었다.

"그 당시 굿을 하는 데에 얼마나 걸렸지요?"

"일주일 걸렸습니다."

"일주일이라……. 그럼 갈림굿과 내림굿, 산신굿 등을 했겠군요."

"네."

"그럼 나머지 아홉 개는 했습니까?"

"아홉 개라니요?"

"친애하는 재판장님, 여기 한국대학교 역사학과에서 발표한 《한국 만신의 후예》라는 논문을 참고 문헌으로 제출합니다. 만신이란 무당을 이르는 말로, 이 논문은 그에 대한 역사적 조사를 통해서 그 내면을 기록한 학술 자료입니다. 그런데 이 기록에 따르면 일반적으로 신내림굿은 열다섯 개 정도의 과정을 거치도록 되어 있습니다. 그 기간 역시 몇 달에 걸치는 과정입니다. 그런데 피고가 그 과정을 어떻게 고작 일주일 만에 끝냈는지 참으로 궁금하군요."

그 말에 김순림의 얼굴이 순간 딱딱해졌다.

'하긴 우리가 이렇게까지 할 거라 생각하지는 못한 모양이지?'

대부분의 변호사들은 그저 법적으로 싸울 뿐이다. 그러니 이런 자세한 과정에 대해서 무지할 수밖에 없다.

"그건…… 약식으로……."

"약식으로요? 신내림굿이 약식으로 가능한가요?"

"전 가능합니다. 굿이라는 것은 결국 무당의 실력에 따라 좌지우지되는 것이니까요."

김순림은 애써 변명했다. 문제는 이게 먹히는 변명이라는 것. 딱 체계화된 것이 아니기 때문이다.

"그렇군요. 그렇다면 상대방에게 약식으로 한다는 이야기는 했습니까?"

"했습니다."

"거짓말!"

김순림의 말에 우현수는 일어나면서 소리를 질렀다.

"그런 소리 안 했잖아!"

"했습니다. 저분이 기억을 못 하나 보네요."

"거짓말하지 마!"

"증거 있습니까?"

"증인, 여기는 증인더러 싸우라고 마련한 자리가 아닙니다."

노형진은 김순림의 말을 끊었다.

'그래, 어차피 계약서는 없다 이거지.'

이런 것은 계약서 없이 하는 것이 보통이다. 당연히 안 했어도 했다고 하는 게 사람이다. 더군다나 피고가 증인석에서 거짓말하는 것은 위증죄로 처벌받지도 않는다.

"원래 약식으로 했으니까 1억인 거지, 정식으로 하면 3억입니다."

뻔뻔하게 거짓말을 하는 김순림. 노형진은 그런 그를 보면서 다음 질문을 던졌다.

"좋습니다. 약식이라 이거죠. 그럼 원고 측의 주장에 따르면 그곳에서 과일을 재활용했다고 하던데요? 사실입니까?"

"그럴 리가요."

"내가 봤어!"

"증거 있나요?"

끝까지 오리발을 내미는 김순림.

'그래, 이것도 증거가 없다 이거지.'

이런 게 가장 큰 문제다. 증거가 없다는 것.

"그럼 이 사진을 봐 주시기 바랍니다. 그 당시를 찍은 사진인데요."

노형진이 프린트된 사진을 내밀자 그녀는 얼굴을 딱딱하게 굳힌 채 받아서 슥슥 넘겨 보더니 갑자기 평온한 얼굴로 돌아왔다.

"이건 그 당시를 찍은 사진이 아닌데요?"

"네?"

"이건 그 당시를 찍은 사진이 아니라고요. 분명히 저를 찍은 사진이기는 하지만 이건 재물굿을 할 때 사진입니다."

"그럴 리가요?"

"사실입니다."

그 말에 노형진은 당황한 척하면서 사진을 돌려받고 물러났다.

"죄송합니다. 사진이 바뀌었군요."

그걸 보고 비웃는 김순림과 피고 측 변호사.

그들에게 등을 돌리는 노형진의 입에서 절로 욕이 나왔다.

"이런 씨발……."

⚖

"뭐라고? 만구파?"

노형진의 말에 송정한은 기가 막히다는 얼굴이 되었다.

"아니, 여기서 만구파가 왜 나와?"

"나올 만하니까요. 그 김순림이라는 여자, 만구파 신도입니다."

"그걸 어떻게 알았어?"

"정보원이 알려 줬어요."

"자네, 아직 만구파 내부 정보원 라인이 살아 있었나?"

"네."

"끄응…… 이런 미친……."

"끈질기기가 거의 선인장급이군요."

"선인장도 이렇게 끈질기지는 못할 겁니다."

변호사들은 얼굴을 찌푸렸다. 그러나 가장 심각한 얼굴이 된 것은 당연히 노형진이었다.

사실 사진은 그녀가 홍보를 위해 운영하는 블로그에서 다운받아서 프린트한 것으로, 그게 애초에 그때 사진이 아니라는 것쯤은 알고 있었다. 다만 노형진이 그걸 준 이유는 그걸 핑계로 그녀의 기억을 읽어 내기 위해서였다. 도대체 얼마나 거짓말을 하고 있는지 알아내기 위해서 말이다. 하지만 그 기억 속에서 생각지도 못한 걸 읽고 만 것이다.

"지독한 놈들입니다. 세력을 정상적으로 늘릴 수 없으니까 편법을 쓰는군요."

"끄응……."

만구파는 종교로서 끝장났다고 생각했다. 모든 종교에서 이단으로 취급받고 있었고 노형진이 짠 함정에 빠져서 테러의 배

후로 취급받고 있는 데다 이런저런 사건들로 인해 신도들이 많이 빠져나갔고 남은 신도들도 상당수 잡혀 갔기 때문이다. 그런데 그 끈질긴 생명력으로 다시 기어올라 오고 있었던 것이다.

'만구파, 끈질긴 것. 진짜…… 독하다, 독해.'

노형진조차도 경악할 수밖에 없는 끈질김이었다. 하긴 세상에서 가장 끊어 버리기 힘든 것이 종교라고 하니까 말이다. 인간이란 자신의 종교를 위해서 목숨까지 버릴 수 있는 존재가 아니던가?

"아니, 도대체 만구파가 왜 무당 집에서 나와?"

"정보원에 따르면 교세 확장을 하려고 하는 거랍니다."

물론 정보원은 다름 아닌 김순림이었다. 그녀의 기억에서 노형진은 그들의 계획을 읽은 것이다.

"교세 확장?"

"만구파는 말이 많아서 결국은 대부분의 신도들이 탈퇴했잖습니까? 결과적으로 정상적인 사람은 거의 안 남았지요."

"그렇지."

심지어 아이들조차 도망쳐 나오는 판국이다.

"정상적으로 교세를 확장할 수가 없습니다. 어디 가서 만구파라는 이름만 말해도 쫓겨나니까요."

"음……."

"그래서 아예 계획을 바꾼 겁니다, 광신도를 만들고 난 후에 끌어들이는 것으로."

"광신도?"

"점조직 형태로 꾸리려고 하는 거죠. 과거에 많은 조직들이 그랬던 것처럼요."

무당도 하나의 종교다. 당연히 그를 따르는 사람들이 있기 마련이다. 그리고 그들이 광신의 수준에 도달하면 무당은 그들을 이끌고 만구파에 합류한다. 광신에 빠진 그들은 그걸 따를 것이다.

"설마요……."

"설마가 아닙니다. 종교가 얼마나 미친 짓을 하게 만드는지 보셨잖습니까?"

"하아."

이은영 변호사도 고개를 흔들었다. 심지어 떠버리 유명한 변호사조차 만구파라는 이름만 듣고도 입을 다물고 있을 정도였다.

"잠깐…… 그럼 그 변호사도?"

"아마도…… 그쪽일 가능성이 높지요."

"어쩐지 이상하게 우리들한테 깐죽거린다 싶더니."

아무리 상대방과 싸우고 있다고 하지만 그렇게 상대방을 깔보면서 깐죽거리는 변호사는 없다. 그런데 이상하게 자신들을 싫어하는 행동을 보인 것이 이상하다 싶었다.

"단순히 그쪽만은 아닌 듯싶은데?"

"네?"

남상주는 변호사협회 목록을 열고 상대방 변호사의 이름을 쳤다. 그러자 익숙한 이름을 찾을 수 있었다.

"얼씨구? 거기에다 청계 출신이야?"

"우리라면 이를 박박 갈 만하네."

청계는 노형진을 날려 버리려고 함정을 팠다가 도리어 노형진의 역공에 무너진 로펌이었다. 그 일로 상당수 변호사들이 감옥에 갔지만 아직도 남아 있는 사람들이 많았다. 변호사들의 인맥이 어디 가는 것이 아니기 때문이다.

"이 새끼들이 좀 조용하다 싶었더니."

이제 그 세력이 다했다고 생각했는데 이런 데서 조용히 재기를 노리고 있을 줄은 몰랐다.

"그럼 그동안 벌어들인 돈은?"

"만구파의 재건비로 들어갔겠지요."

"지독한 놈들."

좌중에 흐르는 침묵.

"만구파인 건 알겠는데 그걸 어떻게 써먹을 수 있겠나? 증거가 있는 것도 아니고 만구파 자체가 욕을 먹고 있기는 하지만 불법적인 집단이 된 건 아닐세."

문제는 그곳이다. 만구파인 것은 확실하다. 그러나 그게 불법은 아니라는 것.

"압니다. 하지만 그 정보원으로부터 재미있는 정보를 얻었습니다."

"정보?"

"네, 어쩌면 그걸 이용할 수 있을지도 모르겠습니다."

노형진은 김순림의 기억을 더듬으면서 씩 웃었다.

"제가 이번에 조상님 꿈을 꿨는데유."

실장은 눈앞에 있는 남자를 보면서 진짜 입을 꿰매 버리고 싶었다.

'무슨 남자가 이렇게 입이 가벼워?'

강한 사투리를 사용하면서 떠들어 대는 남자를 보면서 실장은 애써 웃었다.

"그래서 오신 거군요."

"그렇쥬. 조상님이 절 보러 온 것 자체가 하늘의 점지 같은 거 아니것슈?"

'점지? 지랄하고 있네.'

실장은 속으로는 비웃으면서도 애써 미소를 지었다.

"그럼요. 조상님이 우리를 배려하시는 거죠."

"그런데 아무리 점집에 가도 그 뭐시기냐. 그걸 알려 주지 않아서유."

'미친놈, 조상 꿈 꿨다고 다 무당 되면 우리나라 국민의 절반은 무당이겠다.'

"그런데 이런 곳이 있다는 걸 들었쥬. 그래서 왔어유."

"잘 오셨습니다. 우리나라 무당들이 문제가 많지요. 별거아닌 거 가지고 알려 주지도 않으면서 있는 척한단 말입니다. 그러니까 우리 같은 곳이 생기는 거죠. 모든 것은 기술이필요한데 자기들이 그런 걸 가지고 있다고 남을 업신여기는겁니다. 그러면 큰 벌을 받는데도 말이죠."

"그렇쥬?"

"그럼요."

실장은 웃으면서 유명한의 비위를 맞추고 있었다. 그래야한 명이라도 더 계약하기 때문이다.

"우리 학원과 계약하시면 굿하는 법부터 점 보는 법까지모두 알려 드립니다."

"근데유, 얼마여유?"

"1,500만 원입니다."

"헉!"

그 말에 유명한은 눈을 뒤룩뒤룩 굴리면서 눈치를 보기 시작했다.

"그게…… 그 돈이 없는 건 아닌데유……. 좀 비싼디……."

"비싸다니요. 그걸 배워서 얼마나 많이 버실 수 있는데요.여기서 배워서 유명하게 된 분들 많습니다."

"설마유."

"아닌 것 같죠? 이리 와 보세요."

그는 유명한을 데리고 사감실이라는 문패가 달린 문으로 향했다.

"여기는 그동안 여기를 거쳐 간 분들의 사진을 모아 놓은 곳입니다."

"아! 저 이분 알아유! 방송에서 봤어유!"

"거봐요, 아신다니까요. 이런 분들이 돈 1,500만 원 못 버실 것 같습니까? 다 벌고 계십니다. 더 벌었으면 더 벌었지, 덜 벌지는 않습니다."

"대단하네유."

이리저리 돌아다니면서 사진을 살펴보는 유명한.

"그럼 바로 계약하시는 걸로."

"하지만…… 당장 돈이……. 좀 기다려 주시면 빌려서 드릴게유."

"일단 계약하시고 계약금을 먼저……."

그렇게 대화하는 동안에도 유명한은 한곳을 몇 번이나 바라보았다.

⚖️

"여기유."

"잘했습니다."

노형진은 유명한에게서 안경을 받아서 컴퓨터에 연결했다.

"이런 게 있는지 몰랐씨유."

"뭐, 세상은 넓으니까요."

유명한은 다른 건 몰라도 은근슬쩍 안으로 녹아드는 데에는 재주가 있었다. 이렇게 걸쭉하게 사투리를 쓰는 사람을 누가 변호사인 줄 알겠는가?

"이것도 아니고…… 이것도 아니고……."

노형진은 김순림의 기억 속에서 비밀리에 운영되는 무당 학원의 위치를 찾을 수 있었고 그곳에서 사진을 찍어 둔다는 사실을 알았다.

'그리고 그곳에서 사진을 찍어 둔다면 확실하게 증거가 될 수 있지.'

노형진은 그렇게 찍어 온 사진을 동영상을 천천히 돌리면서 꼼꼼하게 바라보았고 얼마 지나지 않아서 익숙한 얼굴을 찾을 수 있었다.

"반갑습니다, 김순림 씨. 후후후."

⚖️

"개정합니다."

세 번째 공방전.

상대방은 아주 느긋했다.

그럴 수밖에 없는 것이 지난번과 지지난번 다 자신들이 압

도적으로 이겼기 때문이다. 그리고 여기서도 이긴다면 사실
상 재판은 끝나는 것이나 마찬가지.

"친애하는 재판장님, 사건의 확인을 위해서 다시 피고를
증인으로 신청합니다."

노형진의 말에 김순림과 상대방 변호사는 또냐는 표정으
로 노형진을 느긋하게 바라보았다. 법적으로는 자신들이 유
리한 데다가 설사 판사가 아무리 저쪽을 유리하게 판결해도
일부만 돌려주면 되기 때문이다.

"인정합니다."

증인석으로 나오는 김순림은 지난번보다 훨씬 느긋한 얼
굴이었다. 그럴 수밖에 없는 게 지난번에도 나왔지만 노형진
이 제대로 된 공격을 하지 못했기 때문이다.

"증인, 김순림 맞습니까?"

"네."

"그럼 직업이 뭡니까?"

"무당입니다."

기본적인 것부터 물어보기 시작하는 노형진.

김순림은 별걸 다 물어본다는 얼굴로 하나씩 대답했다.

"그러면 어머니의 성함은 어떻게 되십니까?"

"박말자입니다."

"그럼 신엄마의 이름은 어떻게 되십니까?"

"네?"

어렵지 않게 대답하던 그녀는 처음으로 질문을 다시 물어볼 수밖에 없었다.

"신엄마 말입니다. 다른 분들을 위해서 쉽게 설명해 드리자면 신내림굿을 해 준 무당은 신엄마라는 영적인 부모가 됩니다. 원고 측 피해자가 김순림 씨에게 제대로 신내림을 받았다면 김순림 씨가 신엄마가 되는 거죠. 반대로 말하면 김순림 씨 역시 신내림을 받아서 무당이 되었으니 신엄마가 있다는 소리입니다. 김순림 씨, 그래서 신엄마가 누구죠?"

"재판장님, 이건 사건과 아무런 관련이 없는 질문입니다."

피고 측 변호사는 당황한 얼굴로 벌떡 일어났다.

"이는 자격과 관련이 있습니다."

"자격?"

"그렇습니다. 의사가 아닌 간호사에게 수술을 맡기는 사람은 없듯이 말입니다."

"음……."

판사는 잠시 생각하더니 노형진을 바라보았다.

"계속 질문하세요."

"감사합니다, 판사님. 김순림 씨, 다시 한 번 묻겠습니다. 신엄마의 이름이 무엇인가요?"

"그게…… 기억이 잘……."

"제가 알기로는 신내림을 받으면 몇 년간 그 아래서 일하면서 모든 걸 전수받는 걸로 알고 있는데요. 신엄마의 이름을 모른다는 게 말이 됩니까?"

그 말에 김순림은 눈만 데굴데굴 굴렸다.

"다시 한 번 묻겠습니다. 그분의 성함이 뭡니까?"

"박화자입니다."

"그분은 어디에 계시죠?"

"그게……."

대충 이름을 둘러댄다고 해도 결국은 그 사람이 사는 곳을 알려 줘야 한다.

"그건 이번 사건과 아무런 관련이 없는 사항입니다."

생각지도 못한 반격에 피고 측 변호인은 애써 질문을 끊으려고 했지만 노형진이 왜 질문하는지 알아챈 판사는 그의 의견을 무시했다.

"원고 측 변호인, 계속하십시오."

"알겠습니다. 지금 피고는 정작 자신의 신엄마의 이름도 말하지 못합니다. 주소도 모르고요. 실질적으로 몇 년을 함께 살며 영혼의 어머니라 하는 신엄마입니다. 그런데 모른다는 게 말이 될까요?"

"돌아가셨습니다!"

애써 변명해 보는 김순림. 하지만 노형진은 이미 필요한 정보를 다 가지고 있는 상태였다.

"돌아가셨다기보다는…… 존재하지 않는다고 봐야겠군요."

"존재하지 않는다?"

"그게 무슨 소리야?"

다들 고개를 갸웃하는 사람들.

"친애하는 재판장님 그리고 여러분. 여러분은 무당 학원이라는 곳을 아십니까?"

"무당 학원?"

"그렇습니다. 신내림 없이 굿하는 법과 점 보는 법등을 가르치면서 무당을 양산하는 곳입니다. 하지만 무당이라는 개념이 만신, 그러니까 신이 임해야 완성된다는 것을 생각하면 그들은 무당이 아니라 사기꾼이라고 봐야 할 것입니다. 그리고 피고 김순림은 그런 무당 학원 출신으로 제대로 신내림을 받은 적이 없습니다. 그러니 당연히 신엄마가 존재하지 않지요? 안 그렇습니까?"

그 말에 상대방 변호사의 얼굴이 창백해졌다. 설마 신엄마라는 존재가 이렇게 문제가 될 거라 생각하지 못했기 때문이다.

"증거 있습니까? 신엄마가 돌아가셔서 슬픔에 빠진 피고를 그런 식으로 매도할 증거가 있느냐 말입니다!"

'그래, 증거란 말이지.'

지금까지 상대방은 뭐라고 말만 하면 증거가 있느냐면서 노형진의 속을 박박 긁어 댔다. 그러나 이번에는 노형진은 당당하게 말할 수 있었다.

"증거요? 당연히 있습니다. 재판장님, 증거로 해당 무당 학원의 졸업 기념사진을 제출합니다."

"사진?"

"사진까지 찍어?"

사람들은 깜짝 놀랐고 노형진은 동영상에서 추출해서 크게 확대한 사진을 재판정에 제출했다.

"여기에 무당 전문 학원 4회차 졸업자라고 쓰여 있습니다."

"그 안에 있는 사람이 본인이 아닐 수도 있……."

졸업 사진이니 당연히 비슷하게 생긴 사람이라고 우기려고 하던 피고 측 변호인은 사진을 받아 들고는 얼굴이 노래졌다. 그럴 수밖에 없는 것이 사진 안에 있는 사람은 고작 세 명뿐이었기 때문이다.

'지금 1,500만 원짜리 무당 학원에 한번 졸업생이 수십 명쯤 된다고 생각한 거야? 후후후.'

그럴 리 없다. 그러니 그 졸업사진에 나온 사람들의 얼굴이 잘 나오게 찍힌 것이다.

"여기 있는 사람, 김순림 본인 맞습니까?"

"……."

"맞습니까?"

"아닙니다!"

"아니라고요? 글쎄요. 아니라고 할 수 있을까요?"

노형진은 그 부분을 확대한 사진과 얼굴 골격을 프로그램으로 분석한 표를 내놨다.

"이 사진을 분석한 결과, 그 둘은 동일 인물입니다. 그런데도 아니라고요?"

"……."

김순림은 말할 수가 없었다. 도대체 어떻게 이런 사진을 구했는지 알 수가 없었기 때문이다.

문제는 빼도 박도 못할 상황이라는 것.

"그것은…… 아무런 관련이 없습니다. 피고 측은 계약에 따라서 신내림굿을 했습니다. 그것이 계약이었습니다."

애써 계약 이야기를 하면서 변론하는 상대방 변호사였다.

"맞습니다. 그 부분은 인정합니다. 정식으로 계약했고 그래서 1억을 주고 신내림굿을 했습니다. 하지만 그건 상대방이 정상적인 무당, 즉 만신일 때의 이야기입니다."

"그건 법적으로 아무런 인정도 못 받는 자격입니다."

"법적으로 인정받지 못한다고 해도 사회적으로는 통용되는 자격입니다. 민간 자격증이 법적으로 공인되지 않았다고 해서 모두 부정할 수는 없듯이 말입니다. 이는 명백하게 신의성실의 원칙에 위배되는 사항입니다. 원고 측은 제대로 된 무당에게 신내림을 기대하면서 1억에 달하는 돈을 지급한 것이지, 학원에서 방법을 배운 가짜를 기대한 것이 아니었습니다. 친애하는 재판장님, 상식적으로 생각해 보십시오. 의사에게 치료를 기대하면서 수술을 받았는데 알고 보니 그걸 진행한 사람이 의사가 아닌 병원 직원이었다면 그게 정상적인 계약의 종결일까요? 아니면 병원의 기만행위일까요?"

노형진은 질문하면서 상대방 변호사를 바라보았다. 그러고는 천천히 다가가면서 물었다.

"피고 측 변호인은 어떻게 생각하십니까?"

"하지만…… 무당이라는 것은…… 법적으로 인정되지 않는 직업…….”

"법적으로 인정되지 않는다는 게 사회적으로 용납되지 않는다는 것과는 다른 것입니다. 무당은 현재 우리 세계에 존재하고 또 수많은 사람들이 믿음을 가지고 있는 대상입니다. 안 그렇습니까?"

"……."

김순림은 절체절명의 순간임을 알아차리고는 열심히 머리를 굴려 변명을 만들어 냈다.

"물론 그때는 그랬습니다. 하지만 열심히 일하면서 진정으로 신을 만나서 접신했습니다. 신이라는 존재를 증명할 수는 없지만 실제로 저는 신과 함께합니다.”

이제는 확 바뀌었다. 존재하지 않는 신을 김순림이 증명해야 하는 상황이 된 것이다. 물론 노형진은 그런 기회조차 주고 싶은 생각이 없었다.

"진정한 신을 접하고 있다고 하셨습니까?"

"그렇습니다."

"그럼 그 신의 이름은 무엇입니까?"

"네?"

"그 신의 이름이 뭐냐고 물었습니다."

"그분은 천신 장군입니다."

가장 흔한 이름을 말하는 그녀였다. 신이란 증명할 수 없으니까. 하지만 노형진은 신은 증명하지 못해도 다른 건 증명할 수 있었다.

"전 그분 직책이 아니라 성함을 물었습니다."

"그건 알 방법이……."

"전 알 것 같은데요?"

노형진은 새로운 사진을 꺼내서 앞으로 던졌다.

"만구 아닙니까? 성만구?"

"헉!"

"뭐야? 만구파였어?"

사람들은 사진을 보면서 경악을 금치 못했다. 그럴 수밖에 없는 것이 사진이 찍혀 있는 장소는 만구의 전당이라 불리는 만구파 전용 교회 입구였기 때문이다. 그리고 그곳으로 들어가는 김순림의 모습.

"제가 알기로는 무당은 자신의 신을 모시지, 다른 신을 모신다고 듣지는 못했는데요?"

"……."

"아닙니까?"

설마 자신이 만구파인 것이 걸린 거라고는 생각하지 못했기 때문에 그녀는 어떻게 변명할 수도 없었다.

"이건 오래된……."

"지난주에 찍은 겁니다. 날짜를 보십시오."

"만구파는 유일신을 모시는 걸 강요하지는 않는……."

"만구파의 경전을 읽어 드릴까요? 성만구를 하늘의 유일한 혈통으로 모시고 이단을 격퇴하고……."

무슨 말을 해도 벗어날 길이 없었다. 심지어 사람들의 얼굴조차 만구파라는 이름에 차갑게 식어 있었다.

"만구파는 대한민국 내에서는 이단으로 찍혀 있습니다. 만일 원고 측이 피고가 만구파의 신도이자 가짜 무당이라는 사실을 알았다면 피고에게서 신내림을 받았을까요?"

"……."

"그리고 피고는 금전적 이득을 위해 그러한 사실을 감췄지요. 법률에서 이런 걸 뭐라고 하는지 아십니까? 사! 기! 라고 하지요."

"……."

"이상입니다."

노형진은 마지막 질문을 마치고 안으로 들어왔다. 김순림은 이루 말할 수 없이 참혹한 얼굴로 고개를 푹 숙이고 있었다.

⚖️

"고맙다."

우현수는 노형진의 두 손을 꽉 잡았다.

"네가 아니었다면 진짜로 큰일 날 뻔했어."

"큰일은 무슨."

"아니야. 네가 아니었다면 우리 누나는……."

노형진은 이길 거라 생각했고 재판이 끝나자마자 바로 김순림의 통장을 가압류해 버렸다. 아니나 다를까, 노형진이 가압류한 지 채 한 시간도 지나지 않아서 만구파에서는 그 안에 들어 있는 돈을 빼 가려고 했지만 노형진이 가압류해 둔 덕분에 인출하지 못했고, 우현수는 원래 줬던 1억과 더불어 막대한 손해배상금을 받아 병원비를 충당할 수 있었다.

"그래서 너희 누나는 어때?"

"많이 좋아졌어."

"그래?"

"그래, 그분 진짜 잘하시더라."

"글쎄."

노형진은 어색하게 웃었다. 아직까지 확실하게 굿이라는 것에 대한 믿음이 생긴 건 아니기 때문이다.

'뭐, 있으면 좋은 거고 없으면 마는 거고.'

노형진은 일단은 좋게 생각하기로 했다. 그런다고 세상이 바뀌는 건 아니니까.

"그분의 말씀이 우리 누나는 원래 신내림을 받을 사람이 아니었대."

이것이 법이다

"응?"

"신내림을 받는 게 아니라 조상신을 하늘로 보내 드렸어야 하는데 잘못된 굿으로 강제로 잡아 놔서 조상님들이 화낸 거래."

"그거야 말이 그런 거지."

"하지만 진짜로 그분의 말씀대로 하니까 훨씬 나아지던 걸. 그 덕분에 돈도 별로 안 들었고 누나도 무당으로 안 살아도 된다고 좋아해."

하긴 아무리 돈을 많이 번다고 해도 무당이라는 직업은 존경받는 직업이 아니니까.

"하여간 잘되었으니까 다행이다."

"그래."

노형지은 빙긋 웃었다. 이제 모두 끝난 거라 생각하니 속이 시원했다.

"아, 그리고 그분이 너 만나면 이 말 전하라고 하더라."

"응?"

"미래의 악연이 아직 끊어진 게 아니니 피 보기 싫으면 먼저 가서 끊으라는데?"

"엥?"

노형진은 그 말에 표정이 묘하게 변했다.

키다리 아저씨

"미래의 악연이라……. 미래의 악연…… 미래의 악연……."

계속 중얼거리던 노형진은 한숨을 내쉬었다.

"이놈의 한숨을 점점 늘어나는군. 미래의 악연이라고 해
봐야 한 명밖에 더 있어?"

기억도 하기 싫은 미래의 악연. 그건 다름 아닌 자신의 전
와이프, 아니 미래의 와이프다. 한때 사랑했으나 노형진을
배신한 여자. 심지어 남의 자식을 가지기까지 했던 여자.

"아니, 그 여자랑 연이 끊어지지도 않는단 말이야?"

최정화. 한때 사랑하면서도 가장 증오했던 여자. 노형진이
모든 것을 버리고 미국으로 가게 만든 여자.

"그만한 악연이 있을 리 없지."

물론 일을 하다 보면 적을 만드는 경우가 많다. 하지만 그렇다고 해도 말 그대로 일에 관련된 적일 뿐, 노형진과 악연이라고 할 만한 사람은 그녀뿐이다.

"그나저나…… 미리 안 끊어 놓으면 다시 엮인다고?"

물론 다시 부부로 엮이는 일은 없을 것이다. 그렇지만 악연이 달리 악연이겠는가? 어떻게든 안 좋게 엮이면 악연인 것이다.

"결과적으로 그걸 미리 끊어 놔야 한다는 건데 도대체 무슨 수로?"

물론 가장 확실한 방법은 있다. 바로 죽이는 것. 그러나 명색이 변호사인데 사람을 죽일 수는 없는 노릇이다.

"아우…… 이놈의 여편네……. 아니, 여편네는 아니지. 하여간 이 여자는 이번에도 날 고생시키네."

진짜 악연이기는 한 모양이다.

"그냥 무시해 버려?"

물론 무시한다고 해도 될 것 같긴 하다. 하지만 다른 사람도 아니고 능력이 있다고 하는 사람, 그것도 자신의 정체를 어느 정도 알고 있는 사람이 해 준 말이니 마냥 무시하기도 뭐했다.

"그리고 애초에 만나려면 한참 남았는데 도대체 어디서 찾으란 말이야?"

애초에 그녀를 만나려면 시간상 10년이 넘게 남았다. 즉, 그녀가 지금 어디에 있는지 알 수가 없다는 것이다. 물론 찾는 방법은 있다. 그녀와의 추억을 곱씹으면서 그녀가 있을 만한 곳을 유추하는 것이다.

"이러니까 악연이지."

문제는 그걸 곱씹을 때마다 자신의 상처를 건드리게 될 거라는 점이었다.

"하아…… 질긴 악연이다, 진짜."

노형진은 그저 한숨만 나올 뿐이었다.

⚖

최정화를 찾는 것은 쉬운 일이 아니었다. 사실 그다지 좋아했던 사람은 아니기 때문에 행복한 추억을 공유한 것도 아니었다. 그저 나이가 차서 맞선으로 만나 결혼했을 뿐이다.

"이래서 결혼은 연애결혼이라고 하는구만."

자신이 기억하고 있는 단편적인 정보들만 가지고 최정화를 찾는 것은 어려운 일이었다. 물론 그녀의 주민 번호를 알고 있기는 하지만 그걸 가지고 찾았다가는 쓸데없는 구설수에 휘말릴 수도 있어서 조심스러웠다.

그는 그렇게 한참을 고생해서 찾았는데, 그곳은 다름 아닌 제법 큰 커피숍이었다.

"여기란 말이지? 근데 한두 명도 아닌데 이거 찾을 수나 있을까?"

자신의 기억이 맞다면 이맘때쯤 이 커피숍에서 일하고 있다고 들었다. 정확하게는 명동에 있는 ○○커피 체인이라는 건데…….

'망할 무슨 체인이 이렇게 많아.'

명동에만 같은 이름의 체인이 무려 세 곳이나 있었기 때문에 노형진은 전부 뒤지고 다녀야 했다. 이곳은 그 과정에서 마지막으로 남은 곳이었다.

"여기서 못 찾으면 망하는 건데. 진짜 그때는 주민 번호로 찾아야 하는데."

사실 여기서 어긋날 가능성이 높다. 그 당시 일했던 시간이 길었던 것도 아니고 기억이 확실한 것도 아니다. 기억하는 것은 명동의 ○○브랜드뿐인데, 지역이나 브랜드를 잘못 기억한 것일 수도 있다.

"그래, 일단 들어가자."

하지만 마음을 굳게 먹고 안으로 들어간 노형진은 기운이 쭉 빠지는 것을 느꼈다.

"어서 오세요."

카운터에서 바쁘게 주문을 받으면서 커피를 만드는 사람들. 하지만 그중에 그가 아는 얼굴은 없었다.

'다른 곳에 있을까? 하지만 매장에서 직원들이 있는 곳은

여기뿐이잖아?'

이런 커피숍은 대부분 손님이 직접 주문하고 직접 가져간다. 물론 가끔 나와서 청소하기는 하지만 대부분의 경우 여기서 주문을 받거나 커피를 만든다.

'더군다나 그 애의 얼굴이면 아무래도 이쪽인데.'

인정하기는 싫지만 그녀는 변호사인 노형진이 한눈에 반할 정도로 상당히 아름다운 외모를 가지고 있었다. 그러니만일 일하게 된다면 당연히 카운터를 담당할 가능성이 높다.

'성형인가?'

'혹시 성형한 건가?' 하고 생각했지만 노형진은 금방 고개를 흔들었다. 그랬다면 어렸을 적의 사진을 볼 수 없었을 것이다. 그렇지만 그녀와 결혼하고 난 후에 본 사진에는 그녀의 모습이 그대로 남아 있었다.

'그래, 일단 물어보기나 하자.'

쉬는 날일 수도 있고 심부름을 간 것일 수도 있기에 노형진은 확실하기 하기 위해서 다른 직원에게 확인하기로 했다.

"저기요."

"주문하시겠습니까?"

"그게 아니라 혹시 최정화 씨 계십니까?"

"네?"

"최정화 씨요."

그 말에 얼굴을 찌푸리는 여직원.

노형진은 그걸 보고 약간 곤란한 표정이 되었다. 일단 맞게 찾아왔다는 것을 느낄 수 있었던 것이다. 모르는 사람이라면 얼굴을 찌푸릴 리 없다. 이는 즉, 아는 사람이라는 것.

문제는 그녀의 행동이 다른 목적으로 그녀를 찾는 사람이 많다는 것을 뜻한다는 점이다.

"진짜 너무하네. 우리 언니 좀 그만 괴롭혀요. 사람 죽이려고 작정했어요?"

"네?"

"작작 좀 괴롭히라고요. 언니가 무슨 죽을죄를 지었다고."

"야, 야."

그녀가 발끈하는 듯하자 주변의 사람들이 그녀를 진정시켰다.

"왜? 내가 달리 입으로 말도 못 해?"

"그게 아니라……."

뒤에서 줄 서서 기다리는 사람들을 가리키는 다른 직원.

하긴 다른 손님들이 있는데 직원이 언성을 높이면 좋은 소리를 듣기 힘들 것이다.

"아, 진짜. 가세요. 바쁘니까."

"저기……."

"주문하지 않을 거면 가시라니까요."

그 말에 노형진은 어쩔 수 없이 어깨를 으쓱하더니 뒤로 물러났다. 그래도 한 가지는 확실했다. 그녀가 아직 여기에 있다는 것.

"끈질기네요, 진짜."

노형진은 사람들이 빠지고 좀 한산해질 때까지 그냥 커피숍에 죽치고 앉아서 시간을 보냈다. 다른 직원들의 노골적인 시선을 봐서는 그에게 그다지 우호적인 것 같지는 않았지만 그걸 느끼는 노형진은 기분이 묘해졌다.

'이거 참……'

그럴 수밖에 없는 게 직원들이 하나같이 얼굴을 찌푸리면서 노려본다는 것은 최정화에게 안 좋은 일이 일어나고 있다는 것을 의미하기도 했지만 동시에 그녀가 아직까지는 사람들에게 인정받는 착한 사람이라는 것을 의미하기도 했으니까.

'거참, 이상하네.'

노형진이 기억하는 최정화는 최후의 순간까지 잘못했다는 말 한마디도 안 하는 표독스러운 여자였다.

'도대체 날 만나기 전에 무슨 일이 있었던 거야?'

대략 10년 정도 되는 시간 동안 뭐가 그녀를 그렇게 바꿨는지는 모른다. 이런 기회가 없었다면 영원히 몰랐을 것이다.

'일단은 확인부터 하자.'

자신이 아는 그 사람이 맞는지 노형진은 확인할 생각에 직원들이 노려보든 말든 당당하게 그 자리에서 버텼고 심지어 웃으면서 리필까지 요청했다. 물론 될 리 없었지만.

띠링.

그렇게 한참을 기다리자 문에 달린 방울이 열리면서 들어오는 한 여자. 노형진은 무심결에 그쪽으로 고개를 돌렸다가 그대로 얼어붙었다. 그곳에 자신이 아는 사람이 서 있었던 것이다. 한때 자신의 아내였던 그리고 사랑과 증오를 한꺼번에 받았던 여인.

"정화 씨……."

무심결에 중얼거리는 말에 자신을 바라보는 여자. 그리고 그대로 눈이 마주쳤다.

"어…… 최정화 씨 맞습니까?"

엉겁결에 물어보는 노형진. 그런데 다음 순간은 노형진이 기대하던 것과는 전혀 다른 상황이 펼쳐졌다.

그녀가 갑자기 몸을 돌려서 전속력으로 도망쳐 버렸던 것이다.

"얼레?"

노형진은 이해하지 못한 채로 얼어붙었는데, 그런 그의 귀에 다른 직원들의 중얼거림이 들려왔다.

"나쁜 새끼."

"아니, 내가 뭘……."

결국 연락을 받고 온 사장이 화내면서 쫓아내기 직전이 돼서야 노형진은 사정을 알 수 있었다.

"미안합니다. 빚쟁이인 줄 알고."

"빚쟁이요?"

"네, 그래서 정화가 요즘 힘들어 하죠."

"음……."

그 말에 노형진은 고개를 갸웃했다. 그녀가 빚이 있다는 소리는 듣지 못했기 때문이다.

"도대체 얼마나 되는데요?"

"10억입니다."

"네? 얼마요?"

"10억요."

그 말에 노형진은 입을 쩍 벌렸다. 10억은 적은 돈이 아니다.

'아니, 뭐 횡령이라도 한 거야, 뭐야?'

그녀는 이제야 20대 초반. 10억의 빚이 있을 나이가 아니었다.

"사치인가? 아니, 아무리 사치해도 그건 아닌데. 매일같이 돔페리뇽으로 샤워해도 그 돈은 안 나오겠다."

돔페리뇽은 최고급 샴페인이다. 그만큼 비싸다. 그래도 10억에 비하면 조족지혈이라 할 수 있다. 그리고 사치 성향이 있고 노형진이라는 돈을 잘 버는 변호사를 남편으로 둬서 그런 데에 마치 한에 맺힌 듯 돈을 쓰고는 했다지만, 아무리 그렇다고 해도 20대의 나이에 10억이라는 빚이 있다는 건 말도 안 되는 소리다.

　게다가 설사 그런 게 있다 하더라도 그걸 갚는 게 쉬운 건 아니었을 것이다. 애초에 결혼하는 10년 사이에 10억을 갚는 다는 것도 말도 안 되고 말이다. 최소 1년에 1억, 이자까지 생각하면 못해도 1억 2천은 갚았다는 소리니까.

　'그 과정이 순탄하지는 않았을 테고.'

　노형진과 결혼할 당시 그녀는 가난할지언정 빚이 있는 것 은 아니었다. 결국 노형진을 만나기 직전에 그 빚을 다 갚았 다는 소리가 된다.

　"그런데 정화는 어떻게 알고 오신 겁니까?"

　"아, 그냥 아는 분이 어떤지 알아보고 해서요."

　"알아보라고 하셨다고요? 누가요?"

　"그냥 키다리 아저씨라고 해 두죠."

　"키다리 아저씨라……."

　왠지 모를 미소에 노형진은 갑자기 울컥했다.

　'그래, 나 180센티미터도 안 되는 루저다.'

　하지만 그 미소의 뜻은 그게 아니었다. 하긴 그 사건이 나 려면 아직도 몇 년이 남았으니까.

　"아, 웃어서 미안합니다. 말도 안 되는 소리라서요."

　"말도 안 되는 소리?"

　"네, 제가 정화의 사정을 다 아는 건 아니지만 주변에 그 런 일을 해 줄 만한 사람은 없거든요. 죄다 그 애를 배신하고

이것이 법이다

떠났습니다."

"그래요?"

"네."

갑자기 아버지가 돌아가시고 난 후 그녀는 빚더미에 올라
탔고 그대로 망해 버렸다. 그 때문에 주변에서는 모두 그녀
를 버렸다. 혹시나 그녀가 기댈까 봐 두려웠기 때문이다.

'쩝…….'

노형진은 그 소리를 듣고는 자신을 노려보던 그 표독스러
운 눈빛을 이해할 수 있을 것 같았다.

'어차피 사실을 알게 된다면 버릴 거다 이건가?'

사실 여자가 그 짧은 기간 안에 10억이라는 돈을 갚는 방
법은 거의 유일하다. 그것도 어리고 예쁜 여자가 말이다.

'어쩌면…… 결혼하고 나서도…….'

그렇다면 애아버지가 누군지 말하지 않은 그 두 아이의 비
밀도 어느 정도 풀린다. 말하지 않은 게 아니라 말하지 못한
것이다.

"에이, 썅!"

"네?"

"아…… 아닙니다. 그냥 기분이 묘해서요."

"왜요?"

"그런 게 있습니다."

노형진은 변호사로서 수많은 사람들을 구했다. 그런데 정

작 자신의 도움이 필요했던 사람은 가장 가까이에 두고 버렸다는 생각이 들었다.

'그냥 부부 상담이라도 받아 볼걸.'

최소한 서로 대화했다면 이혼하더라도 모든 것이 바뀌었을지도 모른다. 그때는 그저 분노해서 악다구니만 써 댔다. 그래서 이혼한 후에 그녀와 두 아이가 어떻게 살았는지 듣지도 못했다.

'끊어지지 않은 악연이라…….'

미래에는 악연이다. 하지만 지금 그걸 풀어 놓는다면 그저 스쳐 지나가는 인연이 될 수도 있을지도 모른다.

"일단 사정은 알겠습니다. 빚 문제는 제가 이해를 못하겠습니다만."

"저도 자세한 이야기는 몰라서요. 어떻게든 갚겠다고 알바를 세 개씩 뛰고 있는 상황이라서요."

"세 개나요?"

"네."

아침부터 오후까지는 과외를, 오후부터 저녁까지는 카페에서, 저녁부터 새벽까지는 쪽잠을 자면서 편의점.

"일단 그 부분은 보고하도록 하겠습니다. 이건 제 전화번호입니다. 일단 연락해 달라고 전해 주십시오."

"연락을요"

"네."

"뭐하시려고요?"

"말씀드렸다시피 전 변호사입니다. 요즘 키다리 아저씨는 돈이 아닌 것도 지원해 주거든요."

어쩐지 그냥 지나칠 수 없는 노형진이었다.

⚖️

"죄송합니다."

최정화는 노형진을 보면서 사과의 인사를 건넸다.

"빚쟁이인 줄 알았어요."

"아닙니다. 하하하."

노형진은 그녀를 보면서 기분이 묘해졌다. 자신이 아는 사람, 그러나 그와 동시에 자신이 모르는 사람이었다. 그녀의 눈에는 아직까지 자신이 알던 그 증오와 분노 그리고 절망이 없었다.

'아버지가 돌아가신 지 이제 1년이 되었다 이거지.'

그리고 빚쟁이들이 들이닥친 것이 6개월 전. 그러니까 시달린 시간이 6개월이라는 거다.

'하긴 이 정도면 극단적 선택을 할 시기는 아니지.'

아직은 빚을 갚기 위해서 정상적인 노력을 할 때이다. 아직은 말이다.

"그나저나 아버지가 사업을 하셨다고요?"

"네. 그러다가 말년에 사업을 정리하셨어요, 은퇴하겠다고."

노형진은 그녀에게 아버지에 대해서 듣는 것이 묘했다.

'그러고 보니 결혼할 때 말고는 그녀의 아버지에 대해서 들어 본 적이 없네.'

그마저도 그저 사업하다가 망해서 화병으로 죽었다는 정도였다. 그런데 자세히 들어 보니 반대로 죽고 나서 문제가 생긴 것 같았다.

"그러다가 사고로 돌아가셨는데……."

"그런데요?"

"아버지가 돌아가시고 나서 빚쟁이들이 찾아왔어요. 아버지가 빌려 간 돈을 갚으라고요."

"흠……."

그다음부터는 너무 흔해서 그다지 도움이 안 되는 이야기였다. 하루가 멀다 하고 돈을 갚으라고 괴롭혔고 그녀는 빚을 갚기 위해서 생활 전선에 뛰어들었다는 것.

"그런데 그 키다리 아저씨라는 분이 누구죠?"

"그분은 신분은 알려 주고 싶지 않아 하십니다. 말 그대로 키다리 아저씨죠."

"왜요?"

"저야 모르죠?"

어깨를 으쓱하는 노형진.

하긴 알려 줄 방법이 없기는 하다. 미래에서 왔다고 할 수는 없지 않은가. 설사 말한다고 해도 머리끄댕이 잡고 싸우다가 이혼한 미래의 전남편이라고 말하는 것도 웃긴 일.

"더 이상 묻지 말아 주셨으면 합니다. 그분께서는 그냥 변호사 비용만 내주셨으니까요."

"네."

그녀는 그 말에 더 이상 묻지 않으려는 눈치였다. 하긴 어쩌면 지금이 마지막 기회라고 느끼고 있는 걸지도 모른다.

"그래서 10억이라……."

"네."

노형진은 그 말에 곰곰이 생각에 잠겼다.

'뭔가 이상하단 말이지.'

1년 전에 돌아가신 아버지 그리고 6개월 전에 나타난 빚쟁이들. 사실 그건 일반적인 상식이다. 왜냐하면 사람이 죽으면 그 상속자가 빚을 넘겨받는데 그 기간이 3개월이기 때문이다. 즉, 3개월 이전에 나타나서 돈을 내놓으라고 해 봐야 상속 포기를 하면 그만이기 때문에 그 기한이 끝날 때를 기다려서 상속 포기 기한이 넘어가면 그 후에 나타나서 돈을 달라고 하는 것이다.

'너무 뻔한 방법이기는 한데 왜 그렇게 찝찝하지?'

노형진은 뭔가 이상하다는 생각에 조용히 있다가 그녀를 바라보았다.

"그럼 지금은 생활을 어떻게 하시는 거죠?"

"작은 사글셋방에서 저랑 엄마랑 같이 살고 있어요."

"어머니랑요?"

"네."

어머니. 노형진에게는 장모였던 사람.

'그러고 보니 난 얼굴도 모르네.'

물론 사진을 보기는 했지만 만나기도 전에 돌아가신 분이다.

"사글세라고요?"

"네, 집을 다 빼앗겨서요."

"집까지 빼앗기신 겁니까?"

"네."

"그렇군요……. 집을 빼앗기셨다……."

중얼거리던 노형진은 뭔가가 머릿속을 번개같이 스치고 지나가는 것을 느꼈다.

"집을 빼앗겼다고?"

그렇다면 빚이 10억 이상이라는 소리다. 그런데 그걸 감안하다 보니 말이 안 맞는 부분이 있었다.

"아버지가 사업을 정리하셨다고요?"

"네, 아버지가 사업을 정리하셨어요."

"그 말은 사업체를 넘기셨다는 건가요?"

"네."

"혹시 폐업 처리한 게 아니라?"

"네."

그럼 말이 안 된다. 그런 상황이라면 지금 상황과 전혀 안 맞는 것이 하나가 나타난다.

"혹시 그 기업이 뭡니까?"

"아빠 회사요?"

"네."

"다람재활용요."

노형진은 당장 인터넷에서 다람재활용이라는 기업을 검색했다. 그러자 그 기업이 그냥 작은 구멍가게 수준이 아니라 제법 크고 건실한 기업이라는 것은 확실하게 알 수 있었다.

"왜 그러세요?"

"아니, 지금 상황에서는 말이 안 돼서요."

만일 기업이 망해 가는 상황에서 넘기는 거라면 말 그대로 무일푼으로 나올 수도 있다. 하지만 인터넷상의 기록에 따르면 다람재활용은 제법 건실한 기업이다. 그렇다는 건 진짜로 돈을 받고 팔았다는 뜻이 된다. 그렇다면 여기서 한 가지 논리적인 오류가 성립된다.

"그런데 말입니다."

"네."

"그럼 기업을 판 돈은 어디 갔습니까?"

"네?"

노형진은 어리둥절한 표정의 최정화를 보면서 일이 크게 잘못되어 가고 있다는 사실을 깨달았다.

"이건 확실하게 이상한데?"

노형진은 심각한 얼굴로 집을 바라보았다.

허름한 집. 당장 무너질 것같이 오래된 주택. 그나마도 반지하의 사글셋방.

"죄송해요, 이런 곳으로 오시게 해서."

"아닙니다."

자신이 알고 있던 모습이 아닌 인간적인 모습의 전 와이프라니.

'이거 참…… 기분 묘하네.'

노형진은 그 안으로 조심스럽게 들어가서 자리에 앉자 최정화는 컵에 물 한 잔을 따라 줬다.

"커피가 없어서……."

"괜찮습니다."

노형진은 그렇게 말하면서 주변을 둘러보았다. 여기저기 있는 곰팡이들의 흔적.

'고생이 많았네.'

자신에게 돌이킬 수 없는 상처를 준 사람이지만 어쩐지 이런 모습을 보니 미워할 수가 없었다.

"일단 그 서류를 보죠."

"네."

최정화는 그들이 내민 채권 증명서를 가져다줬고 노형진은 그걸 보면서 고개를 갸웃했다.

'흠…… 이상한데…….'

깔끔하다. 너무 깔끔하다. 물론 채권 증명서가 깔끔한 게 이상한 것이 아니다. 문제는 지나치게 깔끔한데 정작 공증은 없었다는 것이다.

'형태 같은 걸로 봐서는 법률 전문가가 작성한 것이 맞다. 그런데 정작 공증은 없다. 말이 안 되는데?'

단순히 자기들끼리 쓴 것도 아니고 여기저기 전문용어도 써 가면서 작성된, 깔끔하고 완벽한 증명서가 맞다. 그런데 그런 작성을 한 사람이 정작 공증을 빼먹었다.

'말이 안 되는데.'

공증이란 어떤 서류를 변호사들에게 가서 법적으로 효력이 있는 서류로 만드는 것을 말한다. 그게 있으면 나중에 분쟁이 생겨도 재판하지 않고 그걸 기준으로 법적인 행위를 할 수 있기 때문에 어지간히 큰돈을 거래하는 사람들은 당연히 공증을 한다.

'하물며 사업했다는 사람이 그걸 모를 리 없고.'

사업을 하다 보면 당연히 공증을 할 수밖에 없다. 그런데 그런 사람이 공증도 안 하고 돈을 빌린다? 애초에 한두 푼도 아니고 수십억을?

"채권이 10억이 아니네요?"

"네…… 원래는 25억쯤 되는데…… 기존에 있던 재산을 처분하고 나니 한 10억 정도 남았어요."

"음……."

노형진은 그 말에 턱을 쓰다듬으면서 얼굴을 찌푸렸다. 자신이 가진 상식으로는 도무지 말이 안 되기 때문이다.

"죄송한데 이거 복사 좀 해야겠습니다."

"복사요?"

"네."

"하지만 여기는……."

그 흔한 컴퓨터도 없는 곳에서 어떻게 복사를 할 수 있겠는가. 결국 노형진은 그녀를 데리고 학교 근처에 있는 문구점까지 가서 그걸 복사하는 수밖에 없었다.

"좀 분석해 보고 나중에 연락드리겠습니다."

"네, 잘 부탁드립니다."

고개를 푹 숙으면서 절박하게 인사하는 최정화를 보면서 노형진은 기분이 묘했다.

"네, 최대한 노력하겠습니다."

⚖

"자네가 의뢰한다고?"

"네."

"그건 좀 특이한 경우인데?"

송정한은 고개를 갸웃했다. 수많은 사람들의 부탁으로 사건을 처리했지만 소속 변호사, 그것도 다른 사람도 아니고 노형진이 의뢰를 할 거라고는 생각도 못했기 때문이다.

"그 정도는 도와줄 수 있네만."

"전 그냥 도와주는 정도가 아니라 일이 완벽하게 해결되기를 바랍니다."

"흠……."

송정한은 잠시 고민하다가 고개를 끄덕거렸다.

"하긴 소속 변호사가 의뢰하지 말라는 법은 없으니까."

송정한은 정식으로 노형진의 의뢰를 받아들였다. 그러고는 바로 노형진이 건네준 서류를 살피기 시작했다.

"음……."

"어떻습니까?"

"완벽하게 되어 있군."

"그렇지요?"

"그래, 근데 이렇게 완벽하게 하면서 공증은 없다는 게 좀 이상하기는 하군. 자네 말대로야."

여기저기 사용한 단어들을 보면 분명 이걸 쓴 사람은 법률적인 지식이 상당히 있는 사람이다. 당연히 공증이 얼마나 중요한 것인지 모를 리 없다. 그런데 정작 공증은 없다니.

"자네가 결국 정식으로 일을 맡긴 건 이 사람 때문이겠군."

"네."

채권자 남궁혁우. 채권액 25억.

"이 사람에 대해서 조사가 필요합니다."

"그래서 정식으로 의뢰를 맡긴 거군."

"그렇습니다."

단순히 법조문 해석을 도와주는 거라면 문제가 안 된다. 그건 하루에도 몇 번씩 서로 도와주는 거니까. 하지만 한 사람, 그것도 수상한 사람을 조사하는 것은 정식으로 새론의 정보 라인을 동원해서 수사해야 하기 때문에 노형진은 정식으로 의뢰한 것이다.

"알았네. 일단은 이 녀석에 대해서 알아보고 나서 사건을 진행하는 게 좋겠군."

송정한의 말에 노형진은 고개를 끄덕거렸다.

"조사 결과가 나왔습니다."

며칠 후 정식으로 뒷조사를 한 고문학 팀장이 자료를 가지고 조용히 노형진을 찾아왔다.

"남궁혁우는 상우라는 기업의 대표입니다. 나이 54세, 기혼."

줄줄이 나오는 이야기들. 확실히 그 정도 돈을 거래할 만한 위치에 있기는 했다.

"상우라는 곳은 뭐하는 곳입니까"

노형진은 고개를 갸웃했다. 만일 그런 돈이 들어왔다면 그건 단순히 개인이 쓰기 위한 돈일 가능성은 그다지 높지 않다.

"아마 상우라는 이름은 잘 모르실 겁니다. 하지만 '새벽 060'이라는 이름은 아실 겁니다."

"새벽 060?"

"네."

노형진은 그 이름을 듣고 고개를 갸웃했다. 처음 듣는 이름이었기 때문이다. 그런데 그게 뭔지 알아챈 사람들이 제법 많았다.

"아, 그거!"

"그게 뭡니까?"

"그 '새벽 060'이라는 거, 편의점에서 파는 그거 아냐?"

"그게 뭔데요?"

"아, 모르나?"

"저야 잘 모르죠."

"하긴 노 변호사님은 그다지 술을 잘 드시지 못하니까요."

'새벽 060'은 시중에 나오는 숙취 해소 음료다.

"그래요?"

"그래, 아무리 술을 마셔도 새벽 6시에는 벌떡 일어날 수 있다고 해서 '새벽 060'이라고 이름 붙였다지? 요즘 잘나가는 기업 중 하나야. 무척 효과가 좋거든."

"효과가요?"

"그래, 상상을 초월한달까? 하여간 숙취 해소 음료의 새 패러다임이라고 할 정도니까."

"......?"

노형진은 그 말에 고개를 갸웃했다. 도무지 이해할 수가 없었기 때문이다. 자신은 술을 잘 안 마신다. 그나마 마시는 것도 샴페인 정도다. 그러니 알 리가 있나.

"새벽 060은 초콜릿에서 숙취 해소 물질을 추출했습니다."

"네? 초콜릿요?"

그 말에 노형진은 기가 막혔다. 보통 숙취 해소 음식이라고 하면 콩나물이나 황태해장국 등을 생각하기 때문이다.

"하긴 사람들도 깜짝 놀랐지."

초콜릿을 술 마신 뒤에 먹는 사람은 없다. 하지만 몇몇 사람들 사이에서 숙취 해소에 효과가 좋다는 소문이 돌자 남궁 혁우는 그 소문을 듣고는 그 안에서 숙취 해소 성분을 뽑아내서 팔기 시작한 것이다.

"아무래도 초콜릿에서 뽑아낸 성분이다 보니 달달하고 맛 있거든요. 그래서 여자들도 좋아하죠."

처음에는 여자들이 한두 병씩 사 마시다가 그 효과가 입증 되고 입소문을 타면서 지금은 상당히 잘 팔리는 음료 중 하나가 되었다고 한다.

"더군다나 가격도 싼 편이고 말이야."

"흠."

보통 숙취 해소 음료라고 하면 사람들은 약에 가깝게 생각한다. 하지만 이건 달달한 것이 마치 음료수처럼 나와서 인기도 많다고 한다.

"그래서 상당히 많이 큰 곳입니다."

"그래요?"

그렇다면 노형진이 그걸 모를 수밖에 없었다. 아무리 노형진이라고 해도 미래의 모든 것을 다 기억할 수는 없는 데다가 미래라고 해도 노형진이 술을 안 마시는 건 바뀌지 않는 사실이었으니 당연히 숙취 해소 음료에는 관심도 없었던 것이다.

"사람들은 회사 이름은 잘 모르죠. 하지만 '새벽 060'이라는 상표는 다 알고 있는 것입니다."

"그렇군요."

노형진은 그 말에 고개를 끄덕거렸다.

"최대 주주인가요?"

"정확하게는 1인 주주라고 해야 할 겁니다."

"1인 주주?"

"원래 주주가 다섯 명이 있었는데 그들로부터 대부분의 주식을 구입해서 그가 가진 지분이 96%입니다. 나머지 주주들이 1%씩 가지고 있지요."

"헐?"

그렇다면 말이 주식회사지, 실질적으로 그의 기업이라고 해도 무방할 정도다.

"그것뿐입니까? 이상한 점은 없던가요?"

"기업 차원에서는 이상한 점이 없었습니다. 거래도 정상적으로 이루어지고 있고 상품의 질도 문제가 없습니다. 도리어 지금은 없어서 못 파는 물건 중 하나일 정도입니다. 공장을 확장한다는 이야기도 있고요. 들리는 말에 의하면 거대 기업에서 그 기업 자체를 인수하고 싶어 한다는 이야기도 있더군요."

"그래요?"

그 말에 노형진은 고개를 갸웃했다.

'내가 감이 흐려졌나?'

분명 이상한 느낌이 들기는 했다. 상식하고는 약간 다른 부분이 있었기 때문에 이쪽을 파고든 것이다.

'공증을 안 받은 것은 단순히 실수였나.'

원숭이도 나무에서 떨어진다고, 법률 전문가라도 실수는 할 수 있다.

'하지만 공증을 안 받는 건 실수치고는 너무 큰데.'

노형진은 머리를 긁적이면서 복사해 온 서류들을 뒤적거렸다.

"제 직감이 틀린 걸까요?"

노형진은 다른 사람에 물었지만 다들 고개를 흔들었다.

"그건 아닐 겁니다. 공중 문제가 여전히 걸려요."

"그렇지요?"

그렇게 한참을 바라보던 중 유명한 변호사는 고개를 갸웃했다.

"이거 이상한데유?"

"네?"

"뭐가 말인가?"

"그게……."

뭔가를 발견한 듯 마구 살피던 유명한은 갑자기 피식 웃었다.

"죄송해여라. 잘못 봤시유."

"끙, 유 변호사!"

"죄송해유."

"유 변호사님은 카리스마를 다듬으라니까요. 카리스마."

"네, 카르스마."

"아니, 카리스마."

"카리스마, 카리스마……."

중얼거리는 유명한을 바라보던 노형진은 피식 웃고는 다시 서류철을 바라보았다. 그리고 다른 쪽 자료들과 함께 그걸 살피기 시작했다. 그러다가 이상한 점을 알아차렸다.

"어?"

"왜 그러나? 자네도 뭘 잘못 본 건가?"

송정한이 묻자 노형진은 고개를 흔들었다.

"이 시점이 절묘하게 겹치지 않습니까?"

"응?"

노형진이 나란히 두는 두 개의 서류. 하나는 상우의 주식 가격 분포도였고 나머지 하나는 통장에 찍혀 있는 입출금 내역이었다.

"이게 뭐?"

"보세요. 어느 순간 갑자기 확 떨어집니다."

"그렇지."

"아무래도 상품이 빛을 못 보면 기업은 흔들릴 수밖에 없지요."

다른 사람들은 대수롭지 않게 생각하고 있는 듯했다. 하긴 어떤 기업이 몰락하다가 다시 살아나는 경우는 많기 때문이다. 하지만 노형진의 신경을 긁은 것은 다른 부분이었다.

"상우의 주식 가격은 이 시점에서 거의 바닥으로 떨어집니다."

"그거야 알지."

"그런데 이게 끝나고 난 후에 다시 돈이 의뢰인 아버지의 통장으로 들어왔습니다. 이 타임 라인대로라면 이제 막 위기에서 벗어난 기업이 무려 25억을 공중도 안 받고 빌려줬다는 건데 그건 말이 안 되지 않습니까?"

"그건 그렇지. 하지만 그게 사기라는 증거는 없지 않은가?"

"끄응…… 그렇군요."

다시 한 번 막혀 버리는 상황.

그렇게 한참 침묵이 흐를 때였다. 갑자기 민시아 변호사가 뭔가를 알아낸 듯 마구 서류를 뒤적거렸다.

"왜 그래요, 민 변호사님?"

"아니, 그게…… 이상한 게 있어서요."

"네."

"노 변호사님이 말씀하신 게 있어서 조금 인터넷을 주식 투자를 상황을 알아봤거든요."

"그런데요?"

"갑자기 주식이 확 떨어진 시점에 주주들의 변동이 기록되어 있어요. 정확하게 말하면 그 전에는 남궁혁우가 40%의 지분을, 나머지 네 명이 60%의 지분을 가지고 있었거든요? 그런데 주식이 떨어지고 나서 지분이 확 바뀌었어요."

"응?"

그 말에 노형진은 고개를 갸웃했다. 물론 그런 사건이 한두 번 일어나는 것은 아니다. 하지만 내부적으로 그렇게 바뀌는 건 상당히 드문 일이다. 서로 주식 투자를 방어하기 때문이다.

"그거야 남궁혁우가 사서 그런 거 아닙니까?"

"그렇기는 한데……."

그 말에 뭔가 생각난 듯 노형진은 하얀 칠판에 사건의 순서를 정리하기 시작했다.

"뭐하나?"

"아뇨, 느낌이 와서요. 좀…… 뭐랄까…… 느낌이 강하네요."

노형진이 이것과 똑같은 사건을 담당한 적은 없지만 그렇다고 해도 주식 관련 문제는 상당히 흔하게 벌어지는 사건 중 하나였다.

"이 시점에……. 그리고 이 시점에는……."

시간순으로 사건들을 하나씩 쓰던 노형진은 타임 라인을 완성하고 나서야 뭐가 문제인지 알 수 있었다.

"보십시오. 중간이 비는군요."

"네."

중간이 빈다. 물론 사건이 계속 있는 것이 아니니 시간상 중간이 빈다는 건 당연한 일이다. 문제는 그 시점이 공교로운 시점이라는 것이다.

"정확하게 이 시점, 그러니까 의뢰인의 아버지가 기업을 매각하고 난 후 남궁혁우가 주식을 매입하는 사이에 시간이 빕니다."

"그게 뭐가 어떻다는 건가?"

그 말에 그걸 한참을 바라보던 노형진은 뭔가 깨달은 듯 계약서 뭉치를 하나씩 확인했다. 그러다가 사실을 알아채고는 얼굴을 찌푸렸다.

"이런…… 개 같은…… 새끼를……."

"……?"

그 말에 다들 고개를 갸웃할 뿐이었다.

"이 서류를 보다가 아까부터 계속 걸렸습니다."

노형진은 그들이 복사해서 제출한 통장 거래 내역을 사람들에게 보여 줬다.

"이거야 입금해 줬다는 증거 아닌가?"

"그렇지요."

통장에서 피해자 아버지의 통장으로 돈을 보냈다는 가장 확실한 증거. 그건 다름 아닌 계좌 이체 내역이었다. 그러니 최정화가 벗어나지 못하고 온갖 고생을 하면서 그 돈을 갚았을 것이다.

"그런데?"

"그런데 이 시점을 보십시오."

입금된 시점은 상우가 다시 제자리를 잡고 나서였다. 말 그대로 이제 위기에서 벗어난 기업이 서둘러서 다시 융통 자금을 없애 버린 셈이다.

"그게 뭐가 어떻다는 건가?"

"일단 상식적으로 말이 안 되는 건 둘째치고 말입니다. 그이전의 거래 내역은 어디 있죠?"

"응?"

"그 이전의 거래 내역 말입니다."

"그거야 그 사람이 제출하지 않은 거겠지."

남궁혁우가 소송하면서 모든 증거를 다 제출할 이유는 없다. 그러니 필요한 부분만 공개했을 수도 있다.

"그러니까요. 그 제출하지 않은 부분이 더 중요한 거라면 어떻게 되는 걸까요?"

"……?"

그 말에 고개를 갸웃하는 사람들.

노형진은 두 개의 타임 라인 아래 새로운 타임 라인을 하나 만든 뒤 거기에 기존의 두 개의 라인을 합쳐 새로운 표시를 그리기 시작했다.

"일단 가설입니다만 생각해 보죠. 기업이 흔들립니다. 그리고 그 기업을 살려야 하는 게 남궁혁우죠?"

"그렇지."

"그렇다면 죽어 가는 기업을 살리려면 어떻게 해야 할까요?"

"그거야 당연히 돈이 필요하지."

그 말에 노형진은 그 시점을 쭉 그어서 기존 타임 라인과 교차시켰다. 그런데 교차되는 때가 공교롭게도 최정화의 아버지가 기업을 팔고 돈이 넘치는 시점.

"응?"

"그래요. 돈이 없어서 기업이 흔들립니다. 그런데 어디선가 돈이 들어오지요. 그래서 그 기업은 삽니다. 그리고…… 갑자기 남궁혁우의 지분이 확 늘어나지요. 그렇다면 이유는 하나죠. 남궁혁우가 상당한 돈을 이곳에 투자했다."

"그거야 그렇겠지만…… 아!"

그 순간 사람들은 뭔가를 알아챘다. 지금까지 돈이 없어서 넘어가던 기업이다. 그런데 때마침 남궁혁우가 엄청난 돈을 투자함으로써 모든 주식을 모은다?

"말이 안 되죠. 그럴 돈이 있었다면 애초에 기업이 흔들리지 않았을 겁니다."

"음……."

"그렇다면 한 가지 가능성이 존재합니다. 남궁혁우의 돈이 아니라 누군가의 돈이라는 거죠."

선을 쭈욱 그어서 표시된 시간 라인과 자신이 예상하는 가상의 라인 사이에 배치시키는 노형진. 그 시기는 정확하게 최정화의 아버지가 기업을 팔고 나서 돈이 많은 시점.

"설마? 최정화의 아버지가 투자했다고 생각하는 건가?"

"그럴 가능성이 높습니다."

사업하던 사람이니 집에서 은퇴하려고 했다가 마음을 바꿨을 수도 있다. 어쩌면 빌려주는 것으로 했을 수도 있다. 하여간 막대한 돈이 그에게 들어간 것은 사실이다.

"그 돈으로 남궁혁우는 투자하고 그 대신 지분의 대부분을 받아 내는 데에 성공합니다."

"그렇다면?"

"그렇게 되면 한 가지 가능성이 가능하게 되는 거죠. 이 돈, 그들이 빚이라고 주장하는 돈인 25억이 실상은 빌려준

게 아니라 투자금의 일부를 돌려받았거나 빌려줬던 돈의 일부를 돌려받은 거라는 거죠. 이 계좌가 보여 주는 건 돈이 움직였다는 것뿐이니 그 돈이 어디서 어떻게 쓰이고 남은 돈인지는 알 수가 없습니다."

"……!"

"잠깐? 그렇다면?"

"사기?"

그 말에 사람들은 각자 서류를 확인했다. 아니나 다를까, 아무리 봐도 그 돈이 남궁혁우의 계좌로 들어갔을 시점의 통장 기록은 없었다.

"왜……."

"당연하지요. 사기를 치려면 제출할 리 없으니까요."

그러고는 자신들이 돈을 준 시점만 공개하면서 돈을 빌려 갔다고 주장한다면 재판부는 어떻게 받아들일까?

사실 뻔한 이야기라고 해도 무방하다.

"그러니까 원래는 자기가 빌린 돈이거나 줘야 할 돈의 일부를 돌려준 건데 나중에 그가 죽을 걸 알고 이런 짓을 했다는 거야?"

"그렇지요."

그렇다면 모든 것이 설명된다. 갑작스럽게 사라진 전 재산. 그리고 뒤늦게 나타난 빚. 그리고 깔끔한 서류에, 공증받지 못한 것까지.

'하긴 공증하려면 본인이 있어야 하니까.'

이미 죽은 본인을 데리고 올 방법은 없으니 당연히 공증도 받을수 없다.

"하지만 그건 말이 안 되는데요?"

무태식은 이야기를 듣다가 고개를 갸웃했다.

"어째서 말입니까?"

"상식적으로 그런 큰돈을 빌려줬다면 반대로 채권자가 뭔가를 남겼을 것 아닙니까? 그걸 모른다는 게…….."

"그런 경우는 많습니다. 사업하는 사람들은 보통 사업에 대해서는 집안에 그다지 알리지 않거든요."

설사 알린다고 해도 전부 알리지는 않는다.

"아무리 그래도 뭔가 남았어야 정상인데요? 당장 남궁혁우가 돈을 빌려간 거라면 그에 대한 채권 같은 게 남아 있을 거 아닙니까?"

그게 이상한 점이다. 그런 것이 남아 있다면 당연히 최정화가 알았어야 한다. 그런데 몰랐다는 건 말이 안 된다.

"한 가지 가능성이 있습니다."

"한 가지 가능성?"

노형진은 이런저런 가능성을 따지다가 한 가지 남은 가능성을 생각하고는 얼굴을 찌푸렸다. 하지만 그건 말하고 싶지 않은 가능성이었다.

"어떤 거죠?"

"누군가 배신한 거죠."

"배신?"

"그렇습니다. 이 모든 걸 아는 누군가 배신하고는 뒤에서 음모를 짜는 거라면 이 상황이 가능해집니다."

"하지만 그런 게 가능한 사람이 있을 리가……."

그러나 경험이 많은 남상주 변호사의 얼굴은 벌써 흙빛으로 변했고 송정한 역시 불편한 기색이 역력했다. 하지만 그들도 현실을 알고 있었기 때문에 차마 아니라고 말을 못하고 있었다.

"누굽니까, 그게?"

무태식은 고개를 갸웃했고 노형진은 약간은 참담한 표정으로 천천히 입을 열었다.

"변호사죠……. 우리와 같은 변호사."

그리고 모두들 그 말에 동시에 한숨을 내쉬었다.

흑막이라는 게
무대만의 용어는 아니다

변호사.

사람을 구하고 변호해 주며 법적인 서비스를 보조하기 위해 탄생한 직업이다. 당연히 그들은 법에 대해 잘 알면서도 또한 정의로워야 한다. 하지만 한 가지 문제가 있었으니 그것은 바로 변호사를 뽑는 시험에 인성 테스트는 없다는 것.

"변호사라는 것도 사람이니까요. 청계의 경우가 있듯이 말입니다."

"끄으응……."

청계. 노형진과 싸우다가 날아가 버린 거대 로펌.

그들의 주특기는 법률을 이용해서 일종의 합법적 범죄로 돈을 벌어 주는 것이었다. 그리고 나중에 그걸 약점으로 삼아 정재계를 좌지우지하려고 했다.

"하지만 억측이 아닐까요?"

이은영 변호사가 애써 부정하고 싶은 모양이었다. 법률적인 경험이 적은 그녀이니 변호사라는 직업에 대한 선망이 있을지도 모른다. 그러나 남상주 변호사는 선을 그었다.

"변호사는 사람입니다."

변호사는 사람이다. 모든 것을 담는 말이다. 아무리 잘난 척하고 고고한 척해도 결국은 탐욕을 가진 인간이라는 뜻이다.

"실제로도 돈이나 다른 이유로 의뢰인을 배신하는 변호사는 숱하게 많네. 의뢰인의 돈에 손대는 경우도 많고."

물론 믿고 싶지 않지만 그것이 현실.

"그렇다면?"

"그래, 이번 사건에 변호사가 끼어 있을 가능성이 있네."

"그렇다면 공증을 받았어야 정상 아닌가요?"

"그 변호사가 공증 허가가 없다면 못 받았겠지."

모든 변호사가 공증할 수 있는 것은 아니다. 공증하려면 국가로부터 허가받아야 한다. 공증이란 실질적으로 재판과 같은 효력을 가지기에 아무한테나 주지 않기 때문이다.

"그리고 그 변호사가 이번 사건의 주범이라면 아마도 그가 유언장을 가지고 있을 가능성이 높습니다."

"유언장을요?"

"네."

"그럼 문제 아닌가요? 폐기했을 수도 있잖아요?"

"글쎄요……. 그렇지 않기를 바라야지요."

어찌 되었건 그 변호사가 뒤에서 흑막으로서 조종한 것이라면 이 모든 사건들이 성립된다.

"좀 더 알아봐야겠군요. 고문학 팀장님은 전에 하던 기업인 다람재활용이 얼마에 거래되었는지 확인해 주십시오."

"알겠습니다."

"무태식 변호사님은 이번 사건을 담당했던 변호사가 누구인지 알아봐 주시고요."

그 말에 무태식은 고개를 끄덕거렸다.

노형진은 한 명씩 일을 나눠 주었다. 그리고 마지막으로 남은 사람을 보고 노형진은 입안이 씁쓸했다.

'아…… 뭘 시키지?'

기대에 찬 눈빛으로 자신을 바라보는 유명한 때문이었다.

"일단…… 유명한 변호사님은 주변에 사람들을 확인해 주세요. 가능하면 이런 사건에 대해 좀 알 만한 사람으로요."

"네! 알겠씨유."

유명한이 당차게 대답했지만 노형진은 왠지 미안해졌다.

⚖

"판매 가격이 120억이라고요?"

"그렇습니다."

고문학이 알아본 바에 따르면 다람재활용은 다른 사람에게 120억에 넘어갔다고 한다.

"그렇다면 그 돈은 어디로 갔는지 확인했습니까?"

"알아내지 못했습니다."

"그렇군요."

그 돈이 통장에 있었다면 당연히 그 돈에서 25억이 빠져나갔을 것이다. 즉, 집까지 차압당하지는 않았을 거라는 뜻이다.

"그렇다면 통장에 돈이 없었다는 뜻이군요."

"네."

"흠⋯⋯."

노형진은 얼굴을 찌푸렸다.

"다른 사람들은 뭐랍니까?"

"아무것도⋯⋯."

상대방이 누군지는 모르겠지만 깔끔하다고 할 정도로 꼬리를 말았다.

"누군지 모르지만 조심했군요."

"그렇겠지요. 적은 돈도 아닌 120억입니다."

"정확하게는 더하겠지요."

120억을 받아 갔고 또 사기를 통해서 25억의 빚을 더 만들었으니 실질적으로 이자까지 합한다면 거의 150억에 달하는 거금이다. 그리고 만약 이런 범죄를 움직이는 흑막이라면

50% 정도를 챙길 경우 못해도 75억은 챙긴다는 소리다.

'망할 새끼 같으니라고.'

이전 같으면 당장 청계를 의심해 보겠지만 이제 청계는 없다.

'설마 청계 출신 변호사일까?'

그러면 일이 편해지겠지만 애석하게도 그럴 가능성은 낮았다. 무엇보다도 요즘은 청계 출신 변호사들을 꺼리는 분위기가 있어서 그쪽 출신들은 이런 위험한 작업을 잘하지 않는 상황이다. 나중에는 모르지만 말이다.

"서류를 어디서 작성했는지도 안 나옵니까?"

"네."

소송장 자체도 법률적인 용어를 썼다 뿐이지, 어디서나 흔하게 볼 수 있는 A4 용지를 사용했다. 즉, 어떤 변호사든 작성할 수 있다는 뜻이다.

"생전에 주로 거래했던 변호사는요?"

결국 유언장을 가지고 있을 변호사는 생전에 거래했던 변호사일 가능성이 높다.

"그 변호사도 은퇴한 상황입니다."

"은퇴요? 은퇴했다고 해서 음모를 짜지 말라는 법은 없습니다."

"정상적이라면 그렇지요. 하지만 치매로 인한 거라."

"치매요?"

"네, 기록을 보아하니 피해자 할아버지 세대부터 거래해 오

던 분이랍니다. 그분의 은퇴는 피해자 아버지보다 더 **빨랐습**
니다. 그 후에 새로 거래했겠지만 어디와 거래했는지는…….”

“이런.”

그러니까 전에 거래하던 곳이 사정이 있어서 일하지 못하
게 되자 새로 거래를 튼 곳이 염병할 새끼였다는 뜻이다.

“회사에는요?”

가장 잘 아는 것은 결국 회사다. 하지만 그 부분에 대해서
도 고문학은 고개를 흔들었다.

“그 당시 일하던 사람들 중 알 만한 사람은 다 퇴사했습니다.”

“으음…….”

하긴, 그냥 하위직 직원들이야 그런 것에 모르고 일만 할
테니 그렇다 쳐도, 관리직 사람들을 새로운 사장이 그냥 둘
가능성은 거의 없다.

“한 분을 찾기는 했지만…….”

“그래요?”

“그분도 모르더군요. 회사를 넘길 당시 그쪽이 제시한 조
건이 관리직의 우선 퇴사였답니다.”

“으윽.”

그러니까 그들이 퇴사한 상황에서 변호사가 바뀐 것이다.

‘운이 더럽게 없네.’

일이 꼬이려니까 이런 식으로도 꼬일 수 있다는 생각에 노
형진은 얼굴을 찌푸렸다.

이것이 법이다

"일단은 더 수사해 봅시다."

그러나 사건을 수사할수록 관련 증거는 전혀 나오지 않았고 다들 혀를 내두를 정도로 모든 것이 치밀하게 정리된 상태였다.

"어중이떠중이는 아닌 모양이네."

노형진은 자신의 사무실에서 탁자를 탁탁 두들기면서 중얼거렸다.

"이렇게 하는 걸 보니 상당한 놈인 것 같은데, 영사라도 해 보면 좋겠지만."

문제는 이 사건은 어디서 뭘 어떻게 읽을 수 있는 것이 없다는 것이었다. 계약서 원본에서도 기억을 읽어 봤지만 그건 그저 남궁혁우의 기억일 뿐이었다.

'사기인 건 맞는데.'

그리고 그 기억 속에서 이 사건이 사기라는 걸 분명히 알 수 있었다. 하지만 사건의 흑막이 누군지 도무지 정보가 없었다.

"젠장, 아무 곳에서나 기억을 읽을 수는 없는 노릇이고."

노형진이 이를 빠드득 갈았다. 그 순간 문이 빼꼼 열리더니 유명한이 모습을 드러냈다.

"노 변호사님."

"네?"

"저기 물어볼 게 있는데유."

"네, 말씀하세요."

"그 주변을 뒤져 보라는 게 어디를 뒤지라는 거여유?"

"그거야……."

당연히 피해자의 아버지, 그러니까 최정화의 아버지인 최갑환의 주변을 뒤지라는 뜻이었다.

"딱히 확인할 게 없잖어서유."

"왜 없습니까?"

"오래된 사건이라 CCTV도 없고 그때 왔던 사람들을 기억하는 사람도 없고……."

"음……."

"친구분들한테 여쭤 봤는디 그런 것도 모른다고 하고."

결국 이쪽도 막히는 모양이었다. 하긴 가장 기대하지 않은 것이 저쪽이기는 했다.

"그나저나 이 카드 영수증은 어찌할까유?"

"카드 영수증요?"

"야. 아니, 그러니께 아무래도 맨입으로 주변에 물어볼 수가 없어서리……."

이야기를 들어 보니 주변 식당에 그냥 물어보기가 머쓱해서 밥 먹으면서 슬쩍 질문을 던진 모양이었다.

"그런 건 경비 처리로 해 달라고 하세요."

"네."

그렇게 그 상황을 넘어가려는 찰나였다.

"응?"

노형진의 눈에 들어온 것은 그 식당의 이름이었다.

"뭡니까? 신주쿠 일식?"

"헤헤헤…… 그냥…… 잘 갈 만한 곳을 찾다 보니께……."

영수증에 찍혀 있는 신주쿠 일식이라는 이름. 노형진은 그걸 보고 번개에 맞은 듯 벌떡 일어났다.

"혹시 말입니다, 거기에 그거 없습니까? 명함 통?"

"네? 명함 통유?"

"네, 그런 거 있잖습니까? 식당 입구에서 명함을 넣어 두면 추첨해서 식사권을 보낸다든가 하는 거 말입니다."

"어…… 그러고 보니 있기는 하던데유?"

"잘했습니다. 드디어 찾았네요."

"네?"

유명한은 고개를 갸웃했지만 노형진은 잽싸게 옷을 입었다.

"뭐합니까? 안 가요?"

"아…… 가…… 가긴 해야지유."

후다닥 나가는 노형진을 바라보며 그는 어깨를 으쓱하고는 뒤를 따랐다.

⚖️

"이 명함 통 좀 봤으면 하는데요."

노형진은 당장 신주쿠 일식이라는 곳으로 향했다.

'내가 왜 이 생각을 못 했지?'

명함 통이란 식당에 가면 있는 물건 중 하나로, 식사를 마친 사람이 명함을 넣어 두면 그중 하나를 뽑아서 식사권을 주는 식의 이벤트를 할 때 쓰인다.

'지금은 그게 유행할 때지.'

미래에는 개인 정보에 대한 개념이 강해져서 많이 사라졌지만 지금은 좀 고급 식당이다 싶은 곳은 그런 게 하나씩 있었다. 그래야 손님들에 대한 관리를 할 수 있기 때문이다.

"왜요?"

직원은 당연히 거부감을 보였다.

"이 안에 중요한 증거가 있을 수 있습니다. 그걸 확인하고 싶은데요."

"그건 좀 곤란한데요."

증거라는 말에 당장 불편한 얼굴이 되는 직원.

'하긴 좋게 줄 거라고 생각도 안 했다.'

노형진은 다른 곳이 아닌 이곳을 노리는 데에는 다 이유가 있었다. 보통 변호사들과 의뢰인이 만날 때는 조용한 곳을 선호하기 마련이다. 보통 사무실에서 만나기는 하지만 사정이 있어서 그가 의뢰인이 있는 곳에 오게 되면 가장 많이 가는 곳이 다름 아닌 일식집이다. 각방으로 나뉘어 있고 문까지 달려 있는 구조이기 때문이다.

'고깃집이나 다른 식당들은 이렇지 않단 말이지.'

다른 식당들은 대부분 탁 트인 공간이기 때문에 조심스럽고, 또 고기 굽는다 뭐 한다 하다 보니 아무래도 깔끔하게 밥을 먹기 힘든 것이 현실이다. 결국 바깥에서 의뢰인을 만나기에 가장 좋은 곳이 일식집인 것이다. 이건 변호사 세계에서 기본적인 상식이다.

"한 번만 확인하면 됩니다."

"안 됩니다."

"진짜로 안 됩니까?"

"네."

"그렇단 말이지요."

노형진은 피식 웃었다.

'애초에 쉽게 될 거라고 생각도 안 했다.'

노형진은 메뉴판을 들어서 메뉴를 확인하고는 고개를 끄덕거렸다.

"그럼 그렇게 하죠."

"네?"

노형진이 물러나자 직원은 의외라는 표정을 지었다. 하지만 노형진이 순순히 물러날 생각은 없었다.

"그 대신에 사기에 대한 처벌은 받으셔야겠지요."

"사…… 사기라니요? 무슨?"

"그래요? 이 부분은 충분히 사기가 될 것 같은데요?"

노형진은 메뉴판을 보여 주면서 씩 웃었다. 거기에는 복어라는 글자 옆에 무려 30만 원이라는 가격이 붙어 있었다.

"그게 왜 사기라는 겁니까!"

"여기에는 자연산이라고 쓰여 있지요. 안 그렇습니까?"

"그래서요?"

"그런데 여기서 사용하던 복어는 죄다 양식이던데요?"

"말도 안 되는 소리 하지 마세요. 증거가 어디 있다고……."

"증거가 없다고 생각하세요?"

노형진은 복어가 들어 있는 수조로 다가갔다. 뻐끔거리는 복어들. 누가 봐도 자연산인지 양식인지 알 수가 없었다.

"원래 복어들은 말입니다. 좁은 공간에 두면 서로 물어뜯는 성질이 있습니다. 그래서 양식 복어들을 상품으로 내보낼 때는 서로 물어뜯는 걸 막기 위해서 입을 꿰매서 내보내지요. 그걸 여기 와서 뜯어낸다고 해도 저렇게 흔적이 남기 마련이지요."

확실히 그 수조 안에 있는 복어들의 입에는 하나같이 바늘 구멍이 남아 있었다.

"하지만 자연산은 그럴 이유가 없거든요. 워낙 조금 잡히는 놈들이라서 말입니다. 늘 개별적으로 오고, 무엇보다 수량이 그다지 많지 않으니까요."

"허헙!"

그 말에 눈을 데굴데굴 굴리면서 벗어날 생각을 하는 직원. 카운터를 보는 걸 보아하니 상당히 직급이 높은 모양이었다.

"과연 여기에 오는 수많은 분들이 사기당했다는 사실을 알면 어떻게 하실까요?"

"……."

그들이 사기를 치는 이유는 두 가지 이유 때문이다.

첫 번째는 가격 차이다. 어떤 것들은 양식과 자연산의 맛의 차이가 극단적으로 난다. 대표적인 것이 전어다. 하지만 복어는 전문가조차도 조리된 상태에서는 구분이 불가능하다고 할 정도로 차이가 없다. 그런데 가격은 양식이 훨씬 싸다. 당연히 혹할 수밖에 없다.

두 번째는 다름 아닌 그 처리 과정이다. 익히 알려져 있다시피 복어에는 강한 독이 있다. 사람을 죽이고도 남을 독이 있는 게 바로 복어다. 그런데 사람들이 잘 모르는 것 중 하나가 바로 양식 복어에는 독이 없다는 것이다. 실험 결과, 복어의 독은 특정 먹이를 먹어야 생기는데 양식 복어는 그걸 먹을 기회가 없기 때문이다. 그런데 그런 자연산 복어를 손질할 줄 아는 사람은 아주 전문가이기 때문에 인건비가 비싸다. 더군다나 아무리 전문가라고 해도 실수하면 사람이 죽기 때문에 그들도 진짜 자연산을 처리할 때는 신경을 곤두세운다. 하지만 양식은 그렇게 죽을 이유가 없으니 당연히 훨씬 편하다.

"우…… 웃기지 마쇼! 사기는 친고죄인데! 영업 방해로 고발할 거야!"

"그렇지요. 사기는 친고죄죠. 그런데 우리 쪽에는 피해자가 있거든요. 안 그렇습니까, 유명한 변호사님?"

그 말에 유명한 변호사는 멋쩍게 배시시 웃었다.

"하하하하."

"으으으……."

"경찰을 부를까요? 아니면 명함 통을 이리 주실래요?"

직원은 결국 어디론가 전화하는 듯하더니 노형진에게 명함 통을 통째로 건넸다.

"그러셔야지요."

"사람 많으니까 저기 빈방에 가서 보세요."

"그러면 저야 좋지요."

노형진이 명함 통을 들고 빈방으로 들어가자 유명한은 들어오면서 혀를 내둘렀다.

"어떻게 아신 거예유?"

"뭐 말입니까?"

"복어가 가짜인 거유"

"아, 관련 사건을 맡은 적이 있어서요."

노형진은 그 안에 들어가서 명함을 모조리 꺼내서 분류하기 시작했다.

"그나저나 이렇게 많아서리……."

"생각보다는 많지 않을 겁니다."

"네?"

"여기는 변호사들이 있는 지역이 아니거든요."

변호사들은 끼리끼리 뭉친다. 정확하게는 변호사들이 있는 곳은 대부분 법원 근처다. 그래야 수임하는 것이 쉽기 때문이다. 또 사건에 출석하기도 좋고 말이다.

"여기는 법원과 거리가 좀 있습니다. 또한 이 지역 대부분이 고급 주택가죠. 그렇다면 결국은 여기에 오는 변호사들의 숫자는 한정되어 있다는 거죠."

"아……."

아니나 다를까, 족히 수백 장은 되어 보이는 것들을 정리하고 나자 그 안에서 나온 변호사 명함들은 고작 여덟 장뿐이었다.

"이 안에서 어떻게 찾쥬?"

"일단은…… 이 주변의 주소는 뺍시다."

"어째서유?"

"그렇다면 여기까지 올 이유가 없으니까요."

"아!"

이 주변에 사무실이 있다면 여기로 와서 이야기를 나눌 이유가 없다. 그렇게 빼고 나자 남은 것은 다섯 장.

"그래도 많은데유?"

"음……."

물론 다섯 명은 조사하기 많은 수가 아니다. 하지만 어딜

가나 조직은 팔이 안으로 굽기 마련. 만일 이들 모두를 조사하다가 걸리면 그들은 욕만 잔뜩 먹고 범인은 더욱 꼬리를 감추게 될 것이다.

'남은 기억은…… 젠장…… 없네.'

그냥 무심결에 넣은 것일까? 그 다섯 개의 명함들 중에는 자신이 원하는 기억이 남은 것이 없었다.

'설마 이 안에 그게 없는 건 아니겠지.'

노형진은 살짝 얼굴을 찡그렸다. 그러고 보니 한 가지 가능성이 있었다. 그가 명함을 넣지 않았을 가능성.

"노 변호사님?"

"아닙니다. 생각 좀 했습니다."

노형진은 조용히 다섯 장의 명함을 바라보았다. 이번 일을 조작했을 변호사들. 노형진은 그중에서 조용히 세 개를 빼냈다.

"그건 왜?"

"로펌이니까요."

로펌은 변호사들의 집단이다. 아무리 그들이 맡은 사건을 처리한다고 하지만 문제가 생기면 하나의 기업인 만큼 회사에서 해결해야 하기 때문에 이런 일에 대해서 예민하게 굴 수밖에 없다.

'이런 큰 건에는 로펌이 한꺼번에 끼어들어야 하는데……'

하지만 청계의 일로 인해 각 로펌들이 내부 단속을 하고 있는 상황. 이런 걸 그냥 두고 넘어갈 로펌은 현재는 없다.

"이 두 명의 개인 변호사 중 한 명일 겁니다."

"음⋯⋯."

노형진은 그 변호사들의 이름을 물끄러미 바라보다가 천천히 한 장의 명함으로 손을 내밀었다. 그리고 그걸 들어 올렸다.

"아마도⋯⋯ 이 사람일 가능성이 높겠군요."

"그 사람이유? 왜유? 무슨 촉이라도 있나유?"

그 말에 노형진은 피식 웃었다.

"촉이라면 촉이죠. 하지만 그것보다는 개인적으로 아는 사이라고 할까요?"

"개인적으로 안다?"

"네, 이 녀석은 전적이 있거든요."

어쩐지 익숙했던 이름. 노형진은 그 명함을 뚫어지게 바라보았다.

"광문식 변호사. 원래는 검사였습니다."

노형진은 처음에는 이름이 익숙했지만 그저 그러려니 했다. 그런 식으로 이름을 많이 들어 본 사람이 한두 명이 아니었으니까. 하지만 천천히 기억을 더듬으면서 그가 누군지 기억났다.

지금은 다시 꿈을 향해서 노력하고 있는 손채림이 소개시켜 줬던 사건에서 만났던 사람이다. 손채림을 향한 개인적인 감정 때문에 눈이 멀어서 맡은 사건에서 증거를 감췄던 사람.

'거참……'

손채림과 자신은 친한 친구 이상은 아니었다. 뭐, 한때는 썸을 탄다는 개념까지는 접근했지만 서로 바쁘다 보니 이제는 연락만 주고받는 상태. 그럼에도 불구하고 그는 질투 때문에 증거를 감추는 검사로서 해서는 안 될 짓을 했고 노형진이 그걸 알아내는 바람에 그는 사건에서 패배했을 뿐만 아니라 검사로서의 커리어도 작살냈다.

"광문식이라……. 하긴…… 나도 그 사건은 알고 있네."

송정한조차도 고개를 끄덕거렸다.

"송 대표님만 아시겠습니까? 제법 유명한 사건이었지요."

남상주조차 기억하는 사건. 그럴 수밖에 없는 게 자기 무덤을 자기가 판 격이기 때문이다.

"어리다고 봐주기에는 너무 일이 컸지."

원래 검사는 퇴직하게 되면 어지간하면 로펌에서 받아 준다. 그 인맥을 이용하기 위해서다. 그럼에도 불구하고 광문식이 로펌에 들어가지 못한 것은 변호사들을 대상으로 증거를 조작했다는 사실에 찍혀서 그런 것이다. 상식적으로 한때 판사나 검사였다가 나와서 변호사 하는 사람들이 태반인데 증거를 조작한 인간을 누가 좋아하겠는가?

더군다나 원해서 나온 것도 아닌 처벌을 면할 목적으로 급하게 사직서를 낸 것이기 때문에 인맥을 이용하는 것도 불가능했다.

"결국 개인 변호사 노릇을 하고 있나 보군."

"그럴 겁니다."

"그런데 왜 이 녀석이라고 생각하나?"

"일단 전적이 있으니까요."

　한번 자기 욕심 때문에 사고를 쳤던 녀석이다. 그렇다면 그 녀석이 반성하고 다시는 안 그럴까?

　'그럴 리 없지.'

　그 사건 이후 노형진을 증오하면서 이를 바득바득 간다는 소문을 숱하게 들었다. 다만 그를 직접적으로 어떻게 할 수 없는 데다가 규모나 능력 차이가 심해서 포기했다고 하지만 말이다.

"하긴 한번 버린 양심을 다시 세운다는 게 쉬운 일은 아니지."

　처음 한 번이라는 말이 있다. 무슨 뜻이냐면 양심을 버리는 행위는 처음 한 번이 어렵지, 그 후에는 너무나 쉽다는 것이다. 그래서 딱 한 번만 하고 그만둔다는 일은 있을 수 없다고들 말한다.

"한번 양심을 버리고 증거를 조작했던 인물입니다. 그러니 다시 한 번 증거를 감추는 거야 어려운 일이 아니겠지요."

"음……."

"그리고 이야기를 들어 보니 사정이 그다지 좋은 건 아닌가 보더군요."

"하긴 그렇겠지."

돈이 되는 변론을 하려면 인맥이 든든해야 한다. 하지만 그의 행동은 이미 소문이 파다하게 나 있는 상태라 돈이 될 만한 큰 사건들이 들어오지 않는다. 아무것도 모르는 사람들이 가지고 오는 작은 사건 몇 건으로 생계를 이어 가야 했으니 꿈꾸던 삶을 살지 못하게 된 그로서는 억울할 수밖에.

'원래는 변호사라는 직업이 참 럭셔리한 직업인데 말이지.'

하지만 광문식은 그런 삶이 불가능해졌다.

"그렇다면 차라리 크게 한탕을 노릴 수도 있죠."

"음……."

사실 노형진은 모르지만 광문식은 그 당시에 나오면서 청계에 들어가려고 했다. 하지만 청계에서조차 그는 버림받았다. 청계에서 일하기 위해서는 이미지가 깨끗해야 하기 때문이다.

실질적으로 그렇게 동기들과 선배들 사이에서 그렇게 버림받은 그로서는 사실상 인맥을 이용하는 게 불가능할 뿐만 아니라 변호사들 대부분이 가지고 있는 무기조차도 날려 버린 셈이었다. 변호사에게 인맥은 특별한 무기가 아니지만 없으면 바보가 되는 무기이기도 하다.

"골 때리는군."

"그렇게 말입니다."

노형진 역시 기가 막히는 기분이었다.

'설마 현재의 악연과 미래의 악연이 이렇게 만날 거라 생각이나 했겠냐고.'

어찌 되었건 이제는 그게 현실이 되었다.

"그럼 어떻게 할 건가? 제대로 조사를 들어갈 건가?"

"그래야지요."

"하지만 이거 위험한 거 알지?"

"압니다."

송정한은 우려를 표명했다. 그럴 수밖에 없는 것이 아무리 내쳐진 변호사라고 할지라도 결국에는 변호사. 결국 팔은 안으로 굽기 마련인지라 뒤를 캐는 것을 변호사들이 좋아하지 않기 때문이다.

"그러니까 조용히 움직여야지요."

"어떤 식으로?"

"글쎄요. 일단은 문 좀 열어 달라고 할까요?"

"문을 열어 달라고?"

노형진의 말에 다들 어리둥절한 얼굴이 되었다.

⚖️

"이건 아니어라!"

"자, 자, 진정하시고."

"지금 진정할 상황인가유! 이건 아니어라! 진짜 이건 아니 어라!"

사무실 안쪽에서 들리는 고함 소리. 그리고 그 안에서 땀 을 뻘뻘 흘리는 광문식.

'썅…… 내가 어쩌다가…….'

한때는 잘나가는 검사였고 또 촉망받는 미래가 기다리고 있는 그였다. 하지만 노형진을 보고 질투에 눈이 멀어 증거 를 조작하는 바람에 퇴출당해서 지금은 꽃뱀에게 물린 남자 를 상대하고 있었다.

"전 모든 걸 바쳤써라. 근데 왜……."

"꽃뱀이라는 게 그런 겁니다. 자, 자, 진정하시고."

유명한이 열연하면서 광문식의 혼을 쏙 빼놓은 덕분에 광 문식은 문 바깥에서 벌어지는 일에 신경 쓸 틈이 없었다.

딸랑. 작은 벨소리가 들리고 누군가 들어오는 듯했지만 눈 앞에서 징징거리는 유명한 때문에 도무지 나갈 수가 없었다.

'뭐, 여직원이 알아서 하겠지.'

광문식은 그렇게 생각하고 눈앞에 있는 사람에게 집중했다.

한편 노형진은 안에서 들리는 목소리를 듣고는 피식 웃었다.

'되게 잘하네.'

특이하게도 유명한은 연기력이 뛰어났다. 그래서 이런 식 으로 들어가면 상대방은 절대 정탐하러 온 변호사라 생각하 지 못했다. 당연하다. 후줄근한 옷에 걸쭉한 사투리까지 쓰는 변호사라니, 누가 생각이나 하겠는가.

'능력은 좋은데 말이지.'

아직까지는 유명한이 그 능력을 제대로 사용할지 모른다는 점이, 노형진은 약간 아쉬웠다.

'그나저나 역시나 비었군.'

변호사 사무실은 보통 사람이 많다. 하지만 광문식은 개인 변호사 사무실이라서 그 말고는 여직원 한 명이 다였다. 물론 그 때문에 들어가서 뭔가를 알아보는 것은 쉬운 일이 아니었다. 하지만 하루 한 번 시간이 나는 순간이 있었다.

'변호사라는 게 비슷하니까.'

오후 4~5시경에 변호사 사무실에서 일하는 사람들은 우체국에 간다. 우리나라에서 벌어지는 모든 법적인 일은 우편을 이용해서 이루어지기 때문이다. 그래서 하루나 이틀에 한 번은 어쩔 수 없이 우체국으로 가서 우편을 보내야 한다. 그러다 보니 그 시간대인 지금은 이곳의 여직원이 자리를 비운 상황.

'후후후.'

당연히 그사이 손님이 와서 광문식의 혼을 쏙 빼 두면 누구도 바깥에 온 사람에게 신경을 쓰지 못한다.

'어디 보자. 역시 카메라는 없군.'

노형진은 주변을 보면서 피식 웃었다. 아나나 다를까, 안에 카메라가 없었다. 하긴 있을 이유도 없다. 뭐, 돈을 보관하는 것도 아니니까. 물론 노형진이 노리는 것은 다른 것이지만 말이다.

'여기란 말이지.'

어차피 관련 비밀들은 개인적인 금고에 보관하고 있을 가능성이 높다. 그렇다면 자신이 안에 들어가야 하는데 그건 불가능하다. 그래서 노형진은 다른 것을 찾기 시작했다.

'변호사들은 대부분 비슷하거든.'

노형진은 여직원의 자리에 가서 천천히 정신을 집중했다. 여러 가지 기억들이 넘쳐흐르기 시작했지만 노형진이 찾는 것은 하나뿐이었다. 그렇게 얼마나 찾았을까.

'빙고.'

노형진이 찾아낸 기억은 다름 아닌 남궁혁우에 관한 것이었다. 그 녀석이 온 것만으로도 사건이 이 녀석과 관련이 있다는 명확한 증거가 되기 때문이다. 그리고 노형진은 여직원의 자리에서 남궁혁우의 기억을 찾을 수가 있었다.

'사진 속의 그 녀석이 맞군.'

사진 속에서 본 그 모습을 보면서 노형진은 미소를 지었다.

⚖

"흔적으로 찾았습니다."

노형진은 고개를 끄덕거렸다. 그리고 그 말에 송정한은 진지한 얼굴이 되었다.

"확실한가?"

"확실합니다."

"음…… 이건 심각한 문제일세."

변호사가 자신의 의뢰인을 배신하고 돈을 위해서 증거를 감추는 행위는 심각한 위법행위이다. 더군다나 이번에는 무려 150억에 가까운 재산이 걸려 있다.

"유명한 변호사님, 그 녀석이 이상한 모습을 안 보이던가요?"

"행동 자체는 뭐, 그다지 이상한 건 없었쥬. 다만 그 방 안에 이상한 게 있더라구유."

"금고 말입니까?"

"금고였다면 이상할 리 없쥬."

변호사 사무실에는 예민한 서류가 있기 때문에 금고 하나 정도는 이상할 게 없다. 그렇다면 왜 그게 필요한 것일까?

"그럼 뭐가 이상한 겁니까?"

"가짜 나무가 있던데유?"

"뭐라고요?"

"가짜 나무?"

"야. 아니, 네."

"그게 뭐가 이상하다는 거야?"

"그…… 그런가유?"

가끔 관리하기 힘들어서 가짜 나무를 두는 사람이 있기는 하다. 사실 잘 만든 건 멀리서 봐서는 진짜인지 가짜인지 잘 모르는 것도 있거니와, 설사 가짜라고 해도 그걸 뭐라고 하는 사람은 없고 변호사를 만나러 온 사람이 나무를 보고 있을 이유도 없으니까.

"우리 사무실에서는 암도 없어서리."

"그거야 직원들이 다 관리해 주니까 그렇지."

"그런가유?"

새론은 다른 곳과 다르게 행정직 일을 하는 사람들에게 관리를 맡기는 게 아니라 전문 관리원을 둔다. 물론 그가 나무 관리를 하는 것만은 아니지만 전반적인 시설 관리를 담당하기 때문에 깨끗하다.

"흠…….."

노형진은 그 말에 잠시 고개를 까딱했다.

"왜 그러신데유?"

"혹시 그 안에 금고가 있었습니까?"

"금고유?"

잠시 기억을 더듬던 유명한은 고개를 흔들었다.

"없던데유."

"왜 그러나?"

"아뇨, 얼마 전에 나온 상품이 생각나서요."

"상품?"

"네, 나무 모양의 금고입니다."

"나무 모양의 금고라니?"

"아무래도 금고는 눈에 확 띄거든요."

누군가 가지고 있다면 눈에 들어올 수밖에 없는 것이 금고다.

"잠시만요."

인터넷을 뒤져서 뭔가를 찾아낸 노형진은 그걸 유명한에게 내밀었다.

"혹시 이건가요?"

"아, 맞네유."

"확실히 뭔가 감추긴 했네요."

"그래?"

"이 화분을 보세요. 나무에 비해서 좀 크죠?"

"그렇기는 하군."

"내화성 강철입니다. 무려 120킬로그램이 넘어요. 더군다나 금고와 다르게 손잡이도 없죠. 들고 가는 게 쉬운 게 아닙니다. 저 나무는 장식이라 손잡이 대용으로는 못 쓰죠."

"음……."

그걸 보면서 송정한은 당혹스러워했다. 보통 저런 것까지 변호사 사무실에서 구비할 이유가 없기 때문이다. 더군다나 저건 크기에 비해서 그 안에 들어가는 양이 그다지 많지 않다. 또 흔하게 팔리는 디자인이 아니라서 가격 또한 비싸다.

"확실히 뭔가 감추고 있다는 느낌이 드는군."

"그렇지요."

"왜 집에 두지 않고 사무실에 두는 거지?"

"집보다는 사무실이 안전하니까요."

광문식은 오피스텔을 하나 구해서 혼자 살고 있다. 그래서 출근하면 그 안은 텅 비어 버린다.

"그에 반해 이 빌딩은 변호사들이 하루 종일 바글거립니다. 밤에도 야간 경비들을 따로 배치하죠."

그런 상황에서 저걸 훔쳐 가는 것은 불가능에 가까울 것이다.

"아마도…… 느낌상…… 관련 증거들이 저기 있는 게 아닐까 싶습니다."

"하지만 왜유? 그런 게 있어 봐야 자기가 불리하잖아유?"

"그래야 남궁혁우로부터 자기 지분을 챙길 수 있을 테니까요."

그렇지 않다면 결국은 남 좋은 일을 하게 될 것이다. 그러니 자신의 약점이자 남의 약점을 가지고 있을 가능성이 높다.

"저걸 열어 볼 방법이 없을까?"

"있을 리 없지요."

그럴 수 있다면 얼마나 좋겠는가? 하지만 그걸 광문식이 그냥 둘 리 없다.

"그리고 저게 여기서는 멀쩡해 보이지만 설명서에 따르면 바닥에 고정 장치가 되어 있다고 하더군요. 아마도 훔치는 것도 불가능할 겁니다. 하긴 120킬로그램이나 나가니까요."

"미국에서 썼던 방식은 어떤가?"

"불가능합니다."

노형진은 미국에서 증거를 찾을 때 비어 있는 아래층 건물에서 공사하는 척하면서 금고를 턴 적이 있다. 하지만 그건 거기서나 가능한 방법이다.

"일단 여기는 작은 개인 변호사들이 많이 뭉쳐 있는 건물입니다. 아무래도 야근하는 사람도 많고 순찰도 자주 돌지요."

"음……."

"결국 가장 좋은 방법은 현장에서 저걸 열어서 내용물을 가지고 오는 것뿐입니다."

"하지만 무슨 수로?"

그런 상황이라면 그냥 가서 열고 꺼내 올 수는 없다.

노형진은 그 건물의 사진을 꺼내서 보다가 퍼뜩 뭔가 기억이 났다. 얼마 전에 있었던 사건이 생각난 것이다.

"이 건물을 지은 지 얼마나 되었지요?"

"응? 글쎄? 한 30년 되지 않았을까?"

개인 변호사들이 뭉쳐 있는 건물이다. 즉, 등기가 다 따로 되어 있다는 소리이다. 그러다 보니 새로 건축하는 게 힘들어서 건물 자체가 리모델링 수준으로 보수되고만 있는 상황.

"정확하게 38년 되었습니다."

"휘유."

그 말에 남상주 변호사가 휘파람을 불었다. 그렇다면 1970년대에 만들어진 건물이라는 뜻이기 때문이다.

노형진은 그 소리를 듣고는 미소를 지었다.

"어쩌면 방법이 있을지도 모르겠군요. 후후후."

대도라 불러 다오

조용한 사무실. 그 안에서 노형진과 유명한은 침묵을 지키고 있었다.

"이거 긴장되는데유?"

"그럼 왜 하겠다고 한 겁니까?"

"긴장되잖아유."

"거참."

노형진은 그래도 그런 유명한이 싫지는 않았다. 다른 건 몰라도 배우려고 하는 열의 자체는 대단했기 때문이다. 사실 다른 변호사들은 이런 행동까지는 좀 꺼려했다.

"그나저나 이거 배보다는 배꼽 아닌가유?"

노형진은 이번 일을 위해 비어 있는 사무실 하나를 임대했다. 아무리 단기 임대라고 하지만 워낙 비싼 지역이다 보니 싼 가격은 아니었다.

"압니다."

"그런데 왜 그렇게 하세유? 혹시 그 여자한테 반하셨슈?"

"아니요."

"그럼유?"

"그냥 갚아야 할 빚이 있다고 치죠."

그녀가 자신에게 한 짓은 용서하고 싶어질 수 있는 일은 아니었다. 하지만 그만큼 부부로서 그녀에게 자신을 열어 보인 적이 없는 것도 사실이었다. 만일 모든 걸 보여 주고 함께 갚아 나가겠다고 했다면 어쩌면 남의 자식이 아닌 자기 자식을 데리고 살았을지도 모르는 일.

'지나간 일, 아니 다가올 일이지만 이제는 벌어지지 않을 일. 그만 생각하자.'

노형진은 이번 일을 끝으로 그녀의 인생에서 퇴장할 생각이었다. 이 일이 해결되고 난 후 그녀가 바르게 성장한다고 해도 자신의 미래에 대한 기억이 그녀와의 관계에 장애가 될 게 뻔하니까.

"시간이 된 것 같군요."

노형진은 유명한의 말에 대충 대꾸하다가 시계를 바라보았다. 새벽 2시 30분.

"준비하시죠."

"야."

그 말에 잔뜩 긴장한 채로 사투리를 내뱉은 유명한은 잽싸게 수술용 장갑을 끼고 복면을 뒤집어썼다. 노형진 역시 준비하고 잠시 후 살짝 버튼을 눌렀다. 그렇게 얼마나 지났을까?

따르르르릉.

갑자기 사이렌이 울리면서 건물에 연기가 가득 차기 시작했다. 노형진이 미리 배관 내부에 설치한 발연탄이 터진 것이다. 물론 흔적 따위는 남지 않았다. 그리고…….

"어?"

"불이다!"

"불이야!"

야근하거나 경비를 서던 사람들 중 일부가 갑작스러운 사이렌 소리에 깜짝 놀라서 튀어나왔다. 그러고는 바로 패닉에 빠졌다.

"스프링클러가 작동하지 않아!"

"으악!"

안에 있던 사람들이 비명을 지르기 시작했다. 그럴 수밖에 없는 것이 얼마 전 노후화된 빌딩에서 불이 났는데 스프링클러가 작동하지 않아 사람들이 여럿 죽었다는 뉴스가 나간 지 얼마 되지 않은 데다가 방송에서는 언제나 그렇듯이 안전 불감증이라면서 한창 신나게 떠들어 대고 있어 머릿속이 공포감으로 가득했기 때문이다.

'작동될 리가 있나.'

사실 여기 있는 스프링클러는 열 감지식이다. 그런데 노형진이 터트린 건 그냥 벌레 박멸용 연막탄이니 열이 날 리 없다. 그러나 그 연막 자체로도 사람들을 패닉에 빠트리기에 충분했다.

"도망쳐!"

"불이야!"

패닉에 빠진 사람들은 너도 나도 도망치기 시작했고 노형진과 유명한은 복도에 가득한 연기를 헤치면서 광문식의 사무실의 현관문으로 다가갔다.

"잠겼는데유."

당황하는 유명한. 하지만 노형진은 대답하는 대신 능숙하게 번호 키를 누르고 안으로 들어갔다. 사실 이 시간에 잠겨 있는 것은 당연한 일이었다.

"빨리 움직입시다. 다른 사람들과 대피해야 의심을 피할 수 있습니다."

노형진은 안쪽에 있는 광문식의 방으로 바로 들어갔다. 그 문은 열쇠로 여는 타입이었지만 바깥을 잠갔다고 안심한 모양인지 잠겨 있지 않아서 쉽게 들어갈 수 있었다.

노형진은 바로 화분으로 다가가서 화분의 방향을 돌렸다. 그리고 나무 아래를 누르자 감춰진 문이 딸깍 열리면서 입구가 드러났다.

"어서유!"

다급한 유명한의 목소리. 노형진은 그 안을 보고 아차 싶었다.

'이런 염병……'

"뭐해유?"

"열쇠입니다."

"야?"

"열쇠라고요. 이건 열 줄 모르는데요?"

그 말에 유명한은 사색이 되었다.

'젠장.'

카탈로그에 열쇠나 번호 키로 열 수 있다고 써 있었기 때문에 노형진은 당연히 번호 키라고 생각했다. 요즘 사람들은 죄다 번호 키를 쓰기 때문이다. 게다가 번호 키는 능력을 이용하면 어렵지 않게 열 수 있을 거라 생각했는데 생뚱맞게 열쇠라니.

"어쩌쥬? 도망가야 하나유?"

"음……"

노형진은 그냥 갈까 하다가 주변을 둘러보았다.

'어딘가에 예비 키가 있을지도 몰라.'

노형진은 서랍을 열어서 예비 키를 찾기 시작했다.

"뭐해유! 지금 가야 해유!"

"잠시만요. 3분. 3분이면 됩니다."

하지만 예비 키 비슷한 것도 보이지 않았기 때문에 노형진은 어쩔 수 없이 떠나려고 했다. 그때였다.

'응?'

손에 들린 USB가 왠지 무겁다는 느낌에 멈칫한 노형진은 그 뚜껑을 열었다. 그러나 그 무게는 여전했다.

"이렇게 무거울 리가……."

혹시나 하는 마음에 그걸 다시 한 번 당기자 컴퓨터에 꼽는 부위가 전부 빠지면서 열쇠가 드러났다.

"이런 별놈의 꼼수가 다 있네."

"노 변호사님."

"잠시만요!"

노형진은 잽싸게 뛰어가서 그걸로 금고를 열었다. 그런데 그걸 열자 당황할 수밖에 없었다.

"뭐야?"

여러 가지 서류가 있을 거라 생각했는데 정작 그 안에는 덜렁 열쇠 하나만 있었던 것이다.

"이게 뭐여유?"

"글쎄요."

아무런 표시가 없는 열쇠였기 때문에 그게 어떤 용도인지 알 수는 없었다. 하지만 노형진은 직감적으로 뭔가 있다는 사실을 알아차렸다. 상식적으로 그게 이렇게 중요한 것이 아니라면 이렇게까지 가지고 있을 이유가 없기 때문이다.

"나가야 혀유!"

"잠시만요!"

노형진은 혼란스러운 와중에도 열쇠를 잡고 기억을 읽은 뒤 잽싸게 제자리에 뒀다.

"아니, 그거 안 가지고 가유?"

"가지고 가 봐야 도움이 안 됩니다. 저건 우리가 못 쓰는 열쇠예요."

"야?"

"나중에 설명합시다."

노형진은 유명한을 데리고 잽싸게 건물 바깥으로 튀어 나간 뒤 저 멀리서 사이렌이 들리는 것을 알고는 안도의 한숨을 내쉬었다.

⚖

"열쇠였습니다."

"열쇠?"

"네."

"어디 열쇠?"

"표시가 안 되어 있더군요."

"끄응······."

변호사가 도둑질한다는 것 자체가 엄청난 위험부담을 떠

안는 행위다. 그런데 그렇게 애써 찾은게 고작 열쇠라니.

"그나마 큰 혼란 없이 끝나서 다행이군."

누군가의 못된 장난으로 결론이 났다. 물론 광문식은 오자마자 금고를 확인했지만 노형진이 들고 온 게 없었기 때문에 멀쩡한 걸 보고 안도의 한숨을 내쉬었다. 그 덕분에 모든 것이 없었던 일이 되었고 말이다.

"광문식이 조용한 걸 보니 우리가 확인한 걸 모르는 모양입니다."

"그건 아네만 그렇다고 해서 뭐가 나아진 것도 아니지 않은가?"

그 열쇠의 정체를 알지 못한다면 바뀌는 것은 없다. 하지만 노형진은 그 열쇠의 정체를 알고 있었다.

"그 열쇠는 어차피 제가 가지고 왔어도 못 썼을 겁니다. 게다가 대여금고의 열쇠더군요."

"뭐라고?"

"대여금고?"

"네, 표시는 없지만 한번 본 적이 있습니다. 아마도 제 생각에는 그 안에 유언장과 대출 서류 등이 있을 것 같습니다."

"음⋯⋯."

사실 그것만한 증거도 없다. 유언장과 남궁혁우가 돈을 빌렸다는 증거만 찾는다면 다른 건 다 의미가 없으니까.

"아마도 그걸 아니까 광문식이 남궁혁우에게 접근했을 것이다."

　분명 그는 변호사로서 이번 사건에 대해 알고 있을 것이다. 그런데 그 와중에 의뢰인이 죽자 마음이 바뀐 것이다. 자신이 이 모든 증거를 감춰 주는 조건으로 일부 지분을 받는 것으로 말이다. 남궁혁우의 입장에서는 갚아야 하는 100억이 넘는 돈을 안 갚아도 되니까 당연히 동의했을 것이고 말이다.

　"짜증 나는군."

　문제는 대책이 없다는 것이다. 노형진의 말대로 그걸 가지고 가 봐야 소용없다. 대여금고는 신원을 확인한 뒤에 열 수 있다. 그러니 그걸 가지고 와 봤어야 광문식의 의심만 사는 행동이 되는 것이다. 더군다나 그걸 열기 위해서는 이 열쇠 말고도 은행에서 보관하는 은행의 열쇠도 필요하다.

　"그럼 방법이 없는 건가?"

　다들 침울한 얼굴이 되었다. 하지만 노형진은 다른 생각을 하고 있었다.

　"일반적인 경우라면 그렇지요."

　"일반적인 경우라니?"

　"그런데 말입니다, 그 금고는 누가 빌린 걸까요?"

　"응?"

　"그 금고 말입니다."

　"글쎄…… 그거야……."

　생각해 보면 그 부분을 생각하는 사람은 아무도 없었다. 사실 이런 상황에서 가장 중요한 것은 그 부분이었는데 말이다.

"만일 광문식이 빌린 거라면 우리에게는 방법이 없습니다. 하지만 그게 최갑환이 빌린 거라면 정당한 상속자가 있는 우리 쪽이 유리해지지요."

"광문식이 최갑환의 이름으로 빌렸을까? 자기 이름으로 안 빌리고?"

"아마도요."

"그럴 이유가 있나?"

"광문식은 자격이 안 되니까요."

"응?"

"자격 말입니다. 은행의 대여금고는 유한합니다. 아무에게나 빌려주면 금방 꽉 차지요. 그러니 은행에서는 그걸 쓸 만한 자격이 있는 사람에게만 빌려줄 겁니다."

"그런데 왜 그걸 압류하지 않았지?"

"은행에서는 계좌에 대한 것만 알려 줄 테니까요."

보통 압류하려는 사람은 계좌에 대해서만 알려고 하지, 다른 대여금고에 대해서는 무심한 경우가 많다. 그렇다면 은행이 그에게 대여금고의 존재를 알려 줄 의무도 없다.

"하지만 광문식이 빌릴 수도 있지 않나?"

"힘듭니다."

은행에서 대여금고를 빌려주는 조건은 이용자가 VIP여야 한다는 것이다. 노형진 역시 그런 금고를 써 봐서 알고 있었다. 그건 직업에 상관없이 그동안의 거래 내역으로 증명해야 하기 때문에 아무리 광문식이라고 해도 쉽게 얻을 수 있는 게 아니다.

"광문식이 아무리 변호사라고 해도 은행이 변호사라는 이유로 무조건 VIP를 주지는 않습니다. 그 은행에서 대여금고 사용 허가 조건이 2억 이상 예금 자산이더군요. 돈이 없어서 쩔쩔 매는 광문식이 2억이나 되는 자산이 있을 리가 없지요."

"그렇겠군."

"그러니까 결국 그건 다른 누군가라는 거죠. 그렇다면 이번 사건에서 그럴 만한 사람은 단 두 명뿐입니다. 남궁혁우, 아니면 최갑환. 그런데 남궁혁우의 금고라면 광문식이 금고 열쇠를 보관할 이유가 없지요. 남궁혁우 본인이 가서 열쇠 분실신고를 하고 꺼내서 폐기하면 그만이니까요."

"……!"

결국 남은 것은 단 한 명, 최갑환뿐이다.

"결국 그걸 여는 것이 이번 사건의 승패를 가를 겁니다."

노형진은 눈을 빛내면서 말했다.

"비록 그 열쇠를 가지고 오지는 못했지만 그 열쇠가 우리에게 길을 열어 줄 겁니다. 후후후."

⚖️

"아버지가 금고를 가지고 있다고요?"

"그렇게 추정하고 있습니다."

"추정요?"

"저는 그 은행 정보에 접근할 수 있는 자격이 없으니까요. 하지만 그럴 거라 생각하고 있습니다."

"우리는 그런 걸 몰랐는데……."

"대부분의 사업하는 분들은 가족들에게 사업과 관련된 걸 이야기하지 않거든요."

그게 나이 많은 분들의 실수다. 그러다가 갑자기 그가 죽어 버리면 가족들은 있는 재산도 못 쓰거나 최악의 경우 지금처럼 사기를 당하기 때문이다.

"그럼 그 안에 있는 재산이면 그 빚을 갚을 수 있는 건가요?"

"확인해 봐야겠지요."

노형진은 섣불리 희망을 주지는 않았다. 그랬다가 확인해 보니 별거 들어 있지 않으면 엄청 실망할 것이기 때문이다.

하지만 최정화의 눈은 이미 희망으로 가득 차 있었다. 어쩌면 지난 몇 달간 들은 유일하게 좋은 이야기여서 그런 것일지도 몰랐다.

"일단은 법원의 허가를 얻어서 그 금고를 열어야 합니다."

"네? 법원의 허가요? 우리가 아버지의 재산을 상속받았는데요?"

"그게 참 복잡합니다. 더군다나 열쇠도 없잖습니까?"

"그렇군요."

다행히 그녀가 대여금고라는 존재에 대해 알고 있었기 때문에 따로 설명할 필요는 없었다.

"문제는 또 있습니다."

"네?"

"그 안에 뭐가 있든 그걸 노리는 무리가 있기 마련이지요."

"그게 무슨 말씀이신지?"

"빚쟁이들이 그걸 집어삼킬 수도 있다는 말입니다."

"어차피 빚을 갚는 데에 써야 할 수도 있잖아요."

"하지만 그 안에 들어 있는 게 뭔지도, 가치가 얼마나 되는지도 모르시잖습니까?"

"그런가요?"

"네, 만일 시가 20억짜리 보석이 들어 있다고 하면 어쩌실 겁니까? 만일 그걸 확인하지 않고 통째로 넘겨줬다가 남궁혁우가 들은 게 없다고 거짓말하면요?"

"음……."

"그러니까 우리가 움직여야 합니다. 그리고 아주 빠르게 움직여야 하지요."

⚖️

"힘들더라도 버티십시오."

"걱정하지 마세유! 저만 믿으세유!"

대여금고라는 것은 모든 은행에 있는 게 아니다. 각 지점의 중앙은행급에만 있는데, 노형진이 그 열쇠의 기억에서 어떤 은행의 어떤 지점인지를 확인했기 때문에 그곳에 대한 감시를 시작했다.

"다른 사람을 시키는 게 좋겠지만."

노형진이 걱정하는 것은 다름 아닌 바로 광문식이었다.

광문식은 분명 최갑환의 고문 변호사로서 그곳에 등록되어 있을 테고 열쇠도 가지고 있으니 그걸 열 자격이 있다.

당연하다. 누가 죽었는데 그 유언장을 집행할 변호사가 그걸 열지 못해서야 무슨 소용이 있단 말인가? 게다가 그 때문에 아주 치명적인 문제가 발생할 수밖에 없었다.

'광문식이 알아서는 안 된다.'

광문식은 분명 알게 되면 당장 달려와서 금고를 열고 바로 훔쳐 갈 것이다. 그가 지금까지 그걸 열지 않은 이유는 그의 죽음이 은행에 알려지지 않기를 원하는 것도 있지만 누구도 모를 거라는 믿음이 있어서이기도 하다. 하지만 누가 그걸 안다는 사실을 알게 되면 그걸 그냥 둘 리 없지 않은가?

"광문식을 발견하면 어떻게 해서든 시간을 끌어 보세요."

"야! 알겠씨유."

점점 더 심해지는 사투리.

'쯧쯧, 잔뜩 흥분했군.'

어쩐지 이번 일을 즐기는 유명환과 다르게 무태식은 툴툴거리는 얼굴이었다.

"일이 힘든 건 아닌데 유 변호사의 저 수다를 버틸 수 있을지 모르겠네요."

"하하하."

"조용히 할게유."

"하여간 두 사람만 믿겠습니다."

노형진은 두 사람의 손을 꼭 잡았다.

"가능한 빨리 움직이십시오. 아무리 내쳐진 녀석이지만 안쪽에 정보 라인이 없으라는 법은 없으니까요."

두 사람은 그 말에 고개를 끄덕거렸다.

⚖

"흠흠흠."

광문식은 오늘도 즐거운 기분으로 출근했다. 얼마 후면 자신의 지갑으로 들어올 막대한 재산을 생각하면 하루하루가 행복한 기분이었다.

그렇게 그날 사건을 준비하고 있을 때였다.

따르릉.

전화기를 받아 든 광문식은 순간 얼어붙었다. 02로 시작되는 번호. 서울이었다.

사실 단순히 번호가 서울이라서 얼어붙은 것이 아니다. 그

번호는 동기 검사의 번호였기 때문이다. 물론 자주 연락하는 번호는 아니다. 하지만 자신은 내쳐진 입장이 아닌가? 그럼에도 연락했다는 건 최악의 상황이 벌어졌다는 뜻이 된다.

"여보세요?"

그는 애써 단순히 안부 전화이기를 바라면서 전화기를 들었다. 그러나 그럴 가능성이 없다는 건 자기 자신이 가장 잘 알고 있었다. 이 부탁을 하기 위해서 적지 않은 돈을 줬기 때문이다.

"나다."

전화기 너머에서 들리는 차가운 목소리.

"네가 이야기했던 그 건에 대해서 연락이 왔더라."

"뭐라고?"

"연락이 왔다고."

"그게 누군데? 누구야!"

"내 알 바 아니지. 난 그냥 연락이 오면 경고해 주는 정도만 하기로 하지 않았나? 이만 끊지."

"야! 잠깐!"

하지만 동기는 벌써 전화를 끊은 상태였다. 하긴 자신과 친하게 지내 봐야 좋을 게 없다는 걸 그도 알고 있으니까.

"이런 쌍!"

광문식은 다급하게 일어났다. 사실 그에게 부탁한 건 딱 하나다. 그리고 그가 전화했다는 것 자체가 그것에 문제가 생겼다는 뜻이다.

"어, 변호사님? 어디 가세요? 한 시간 있으면 재판이에요!"

서류를 준비하던 여직원은 그가 다급하게 튀어 나가는 걸 보고 애타게 불렀지만 그는 그에 대답할 시간이 없었다.

"차…… 차, 차……. 이런 젠장!"

그가 주차장으로 갔을 때 주차장은 만원이었다. 수많은 변호사들과 그들과 상담하기 위해 온 사람들이 너도 나도 차를 끌고 와서 이중 주차를 해 자리가 없는 지경. 더군다나 자신에게 배당된 주차장은 안쪽이라 꺼내기가 쉽지 않았다.

"이런 씨발."

그는 다급하게 몸을 돌려서 건물 바깥으로 나갔다. 그러고는 다가오는 택시를 향해 다짜고짜 몸을 날렸다.

끼이이익!

거친 파열음이 터지고 택시 기사가 몸을 내밀며 욕설하기 시작했다.

"이 새끼야! 미쳤어? 뒈지고 싶어서 환장했어?"

하지만 광문식은 대답하는 대신에 택시 안으로 몸을 던졌다.

"은행으로 갑시다."

"뭐라고?"

"ㅇㅇ은행요! 어서!"

"이 새끼가 미쳤나?"

그는 대답하는 대신에 지갑에서 빳빳한 1만 원짜리 열 장을 꺼내서 건넸다.

"당장!"

"네!"

택시 기사는 그걸 받아 들고는 눈이 휘둥그레져서는 바로 택시를 몰기 시작했다.

얼마 후 은행 앞에 도착한 그는 다급하게 은행 안으로 들가려고 했다. 그러나 그 앞에는 이미 유명한과 무태식이 기다리고 있었다.

"무 변호사님, 저거 광문식 아닙니까?"

"어? 그렇군요. 어떻게 왔지요?"

"아마도 내부에 누가 있었던 게 아닐까예?"

"그랬을 겁니다. 이거 큰일이군요."

만일 그가 가지고 간다면 일이 커진다. 그렇다고 그걸 막기도 힘든 상황.

무태식은 다급하게 핸드폰을 꺼내 들었다. 그러고는 노형진에게 전화를 걸었다.

"노 변호사님, 어디십니까?"

"아, 지금 지금 판사님을 기다리고 있는 중입니다."

노형진도 현재 다급한 상태였다.

원래 이런 건 신청하면 이삼일 정도 걸린다. 하지만 그랬다가는 광문식이 꺼내 갈 것이 분명하기 때문에 여기저기 뇌물도 주고 읍소도 하고 심지어 인맥까지 써 가면서 빠르게

이것이 법이다

받으려고 노력 중이었다.

"광문식이 왔습니다. 어디서 샌 것 같습니다."

"뭐라고요? 이런 젠장."

노형진은 얼굴을 찌푸렸다. 당장 여기서 그걸 받아서 간다고 해도 시간이 걸린다. 즉, 자신들이 늦을 거라는 건 뻔하다는 소리다.

"어떻게든 시간을 끌어 보세요."

"네? 하지만 어떻게요?"

"어떻게 해서든 말입니다. 전 판사님한테 이야기를 좀 해 보겠습니다."

노형진이 다급하게 전화기를 끊었고 무태식은 난감한 얼굴이 되었다.

"아니, 시간을 어떻게 끌라는 거야?"

당장 광문식은 미친 듯이 달려오고 있는데 말이다.

"시간을 끌랍니꺼?"

"네, 그래 달라네요. 근데 무슨 수로 끌죠?"

매달릴 수도 없고 그렇다고 두들겨 패거나 납치할 수도 없고…….

"저한테 맡기세유."

갑자기 점점 심해지는 유명한의 사투리를 보면서 무태식은 불안감을 느꼈다. 긴 시간은 아니었지만 흥분하거나 기대할 때 그의 사투리가 강해진다는 걸 알기에는 충분한 시간을 그와 보냈기 때문이다.

"잠시만요! 일단은 시간을⋯⋯!"

그러나 벌써 바깥으로 튀어 나간 유명한은 전속력으로 달려오고 있는 광문식에게 냅다 달려들었다. 그런데 웃긴 건 그렇게 달려든 사람이 도리어 튕겨 나가면서 바닥을 굴렀다는 것이다.

"으억!"

광문식은 그 충격으로 바닥에 넘어졌다. 물론 그걸로 시간을 끌 수는 없었다. 하지만 그다음 순간은 어이가 없어서 말이 안 나올 지경이었다.

"아이고메! 나 죽네! 아이고! 이눔의 시키가 사람 패네!"

"아니, 이 무슨 이런 생양아치 같은 짓을⋯⋯."

자신의 어깨를 잡고 데굴데굴 구르는 유명한을 보면서 무태식은 기가 막혔다.

일명, 어깨치기. 그러니까 고의적으로 부딪쳐서 합의금을 뜯어내는 짓거리를 유명한이 하고 있었던 것이다.

"아이고메⋯⋯ 사람들, 나 죽어유⋯⋯. 엄니, 나 죽어유."

바닥을 데굴데굴 구르면서 온갖 엄살을 다 부리는 유명한. 그리고 그 덕분에 모든 시선이 이쪽으로 쏠렸다.

무태식은 한숨을 내쉬었다.

"그래, 이번에는 어쩔 수 없지."

좋은 방법은 아니지만 지금은 그 방법밖에 없었던 것이다.

그는 최대한 온몸에 힘주고 그에게 다가갔다.

"어이구, 어떤 잡놈이 우리 동생을 건드려?"

"아이고, 성님, 저 좀 살려 주십셔."

"너냐, 우리 동생 건드린 게?"

광문식은 그 둘이 어이가 없었지만 마음이 급했기 때문에 그냥 가려고 했다. 그러나 그를 그냥 보낼 두 사람이 아니었다.

"사람을 다치게 했으면 책임을 져야 할 거 아냐!"

"뭐야, 이 새끼들은?"

"새끼? 니가 내 애비냐? 어디다 대고 새끼래?"

그가 움직일 때마다 길을 막으면서 시비를 거는 그 둘 때문에 광문식은 미칠 지경이었다. 워낙 다급해서 지난번에 본 유명한조차 알아보지 못할 정도로 말이다.

"돈이 필요해? 그래, 다 가져라, 이 새끼들아!"

다급한 나머지 지갑에 있는 돈을 꺼내서 던지는 광문식. 무태식은 그런 손을 쳐 내면서 짜증을 냈다.

"이 새끼가 우리를 무신 그지로 아나? 야, 너 이 새끼, 콩밥 좀 먹어 보자."

"뭐라고?"

"동생, 경찰 불러! 경찰!"

"네, 성님."

도리어 적반하장으로 경찰까지 부르자 광문식은 어이가 없어서 입을 쩍 벌릴 뿐이었다.

"늦지 않았군요. 다행입니다."

노형진은 은행의 뒷문으로 들어가면서 안도의 한숨을 내쉬었다. 노형진과 최정화가 오면서 본 건 은행 앞 도로에서 경찰까지 불러 가면서 실랑이를 하는 광문식과 유명한 그리고 무태식의 모습이었다.

"어서 들어가서 확인합시다."

"네, 변호사님."

잔뜩 기대에 찬 얼굴로 따라 들어오는 최정화. 노형진은 들어가자마자 점장을 찾아서 법원의 명령서를 내밀었다.

"당장 열어 주시기 바랍니다."

"네? 잠시만요. 아까 담당 변호사님께서 온다고 하셨는데요?"

"그 전에 열어 주십시오."

"하지만……."

"법원 명령을 거부하시는 겁니까?"

노형진이 다그치자 약간 곤란한 표정이 된 점장.

"법원 명령입니다."

노형진이 명령서를 눈앞까지 들이밀자 어쩔 수 없다는 듯 어깨를 으쓱한 점장은 안으로 들어가 두 개의 열쇠를 가지고 나왔다.

"원래 이 예비 열쇠는 아무 때나 꺼내는 게 아닌데요."

"법원 명령이라니까요."

"그러니까 꺼낸 겁니다."

금고를 빌린 사람이 열쇠를 분실할 때를 대비해서 가지고 있는 예비 열쇠다. 당연히 섣불리 꺼낼 수 없다.

"가시죠."

점장의 안내를 받으면서 안으로 들어가는 노형진과 최정화. 그때였다.

"기다려! 열지 마! 누구 마음대로 열려는 거야!"

갑자기 문이 열리면서 한 남자가 은행 안으로 뛰어들어 왔다. 광문식이었다.

그는 헐레벌떡 뛰어오면서 고래고래 소리를 질렀다.

"유언집행자의 권한으로 열지 못합니다! 그건 사유재산입니다!"

그 말에 노형진은 점장을 바라보았다. 꼴을 보아하니 열쇠를 가지러 가면서 그에게 전화한 모양이었다. 그리고 전화를 받은 그는 다짜고짜 쳐들어온 거고 말이다.

'쯧쯧…… 안 봐도 뻔하군.'

뒤따라 들어오는 무태식의 얼굴에 붉은 멍이 들어 있는 걸 봐서는 주먹으로 때려눕히고 들어온 모양이었다. 그리고 그 뒤에서는 경찰이 함께 헐레벌떡 뛰어오고 있었다. 그럴 수밖에 없는 게 불려 왔을 때까지는 그냥 분쟁 정도였는데, 광문식이 무태식을 주먹으로 후려치면서 폭행의 현행범이 되었기 때문이다.

노형진은 비웃음을 날리면서 점장을 노려보았다.

"이거, 각오하고 한 거죠?"

"네?"

"각오하고 한 것이길 빌겠습니다. 지금 범죄 혐의를 받고 있는 사람에게 정보를 제공했으니까요."

"네? 그럴 리가……."

"그렇지 않으면 이 꼴을 어떻게 설명하실 겁니까?"

그 말에 점장은 사색이 되었다. 진짜로 노형진의 말대로라면 자신은 범죄자에게 고객의 주요 정보를 넘긴 셈이 되니 점장에서 잘리는 건 일도 아니기 때문이다.

"멈춰! 열지 마!"

헐레벌떡 달려온 광문식. 그는 헉헉거리면서 금고 앞을 가로막았다.

"이건 월권……헉헉……이야……. 못 열어……."

그 말에 노형진은 피식 웃었다.

"왜요?"

"너…… 너 이 새끼?"

호흡을 가다듬던 그는 노형진을 보고 눈이 뒤집혔다. 그동안 이를 바득바득 갈던 원수가 눈앞에 있었기 때문이다.

"오래만입니다. 그나저나 바뀐 게 없네요."

그 말에 광문식은 부들부들 떨었다. 그때도 지금도 자신은 뭔가를 감추는 상황이 아닌가?

"저기, 비켜 주셔야⋯⋯."

점장이 조심스럽게 말했지만 광문식은 비키지 않았다. 그 사이 은행 사람들은 너도 나도 금고로 몰려오고 있었다.

"웃기지 마! 못 비켜! 이건 월권이야!"

"월권이 아니라 정당한 권한의 집행입니다. 변호사라는 분이 설마 법원 명령도 못 알아봅니까?"

"개소리하지 마!"

"진짜 못 알아들으시네. 이거 몰라요? 이거?"

노형진은 법원 명령서를 흔들었고 그 뒤로 두 명의 경찰들이 다가왔다.

"마침 잘 오셨습니다. 이 녀석 좀 치워 주세요."

"네?"

"어차피 폭행 현행범 아닙니까? 그리고 법원 명령서의 집행을 방해하고 있지 않습니까?"

"헛소리하지 마! 난 유산 관리인이자 유언장의 관리자다! 내 권한으로 절대 못 열어 줘!"

그 말에 노형진은 피식 웃었다. 이미 기세는 이쪽으로 기울어 그의 노력은 말 그대로 발악일 뿐이기 때문이다.

"세 가지를 잘못 알고 계시군요. 첫째, 일단 당신은 유산 관리인이 아닙니다. 그냥 고용된 변호사죠. 둘째, 당신에게는 유언의 공개 시기를 정할 권한이 없습니다. 그저 유언의 공개를 위탁받았을 뿐입니다. 당연히 당사자가 사망했으니 유언을 공개해야지요. 안 그렇습니까?"

"뭐라고? 이 새끼가!"

다시 달려들려고 하는 광문식. 하지만 그럴 수가 없었다. 벌써 경찰들이 이상함을 눈치채고 뒤에서 그를 꽉 잡았기 때문이다. 노형진은 그런 그에게 다가가서 마지막 말을 했다.

"셋째, 당신이 주장하는 권한들은 정당한 상속권자 앞에 서는 의미가 없다는 겁니다. 아니면 열어서는 안 되는 사유 라도 있습니까?"

"이 새끼야! 으아아!"

노형진은 그런 그를 무시하고 점장에게 다가갔다.

"여시죠."

"네? 아, 네……."

점장은 떨리는 손으로 첫 번째 열쇠를 열고 그 안에 있는 상자를 꺼내 들었다. 그러고는 그걸 금고 안에 놓여 있는 테 이블 위에 올려놓았다.

"어…… 저…… 나갈까요?"

보통은 이런 경우에는 나가야 하며 금고 안에 뭐가 있는지 는 관련된 사람들끼리만 봐야 한다. 하지만 노형진은 고개를 흔들었다.

"아니요. 다들 여기 계십시오."

노형진은 광문식의 행동을 보면서 확신했다.

‘그렇다면 증인이 많을수록 좋지.’

그는 천천히 테이블 위의 금고를 열기 시작하자 광문식은 처절하게 비명을 질렀다.

"안 돼!"

다음 권으로 이어집니다

# 200평 초대형 24시 만화방

## 📖 수원시청점

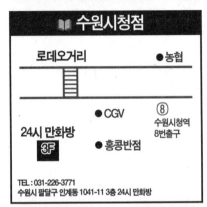

로데오거리
● 농협
● CGV
⑧ 수원시청역 8번출구
24시 만화방 3F
● 홍콩반점

TEL : 031-226-3771
수원시 팔달구 인계동 1041-11 3층 24시 만화방

수면실 (침대식)
사우나석
2인석
샤워실
세탁기
신간100%

## 의정부점

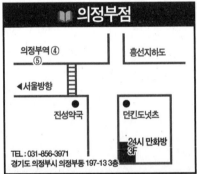

의정부역 ④ ⑤
흥선지하도
◀서울방향
진성약국
던킨도넛츠
24시 만화방 3F

TEL : 031-856-3971
경기도 의정부시 의정부동 197-13 3층

## 📖 안양점

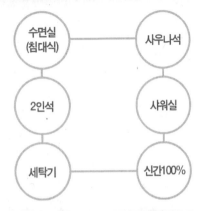

● 안양역
육교
◀관악역
명학역▶
● 농협
24시 만화방 2F
안양일번가

TEL : 031-466-3771
경기도 안양시 안양동 674-163 공룡고기건물 2층

## 주안점

주안남부역
◀제물포
민병철 어학원
간석동▶
24시 만화방 6F

TEL : 032-426-2871
인천광역시 주안남부역 지하상가 4번 출구 GS25시 건물 6층

## 📖 안산점

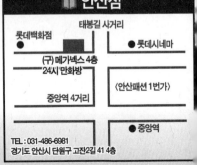

롯데백화점
태봉길 사거리
● 롯데시네마
(구) 메가넥스 4층
'24시' 만화방
〈안산패션 1번가〉
중앙역 4거리
● 중앙역

TEL : 031-486-6981
경기도 안산시 단원구 고잔2길 41 4층

# No.5

이해날 장편소설

# 스트라이커

## IT'S SHOW TIME!
### '미친 전차' 오철영이 펼치는 기상천외한 역전 스토리!

언제나 막말로 트러블을 일으켜
안티를 급증시키던 축구 천재 오철영
계획적인 린치로 선수로서의 생명을 잃고 좌절하던 중,
선행할수록 부상을 회복하는 능력이 생긴다!

복수를 꿈꾸며 팔자에도 없는 선행을 하는 한편
최하위 구단인 수원 타이거즈에 들어가
도박 중독인 구단주와 목숨을 건 내기를 하는데……

### 복수를 위해서라면 스포츠 도박도 불사한다!
### 세계를 배경으로 벌어지는 초대형 복수극. START!

ROK
MEDIA

# 강철

흑신마 퓨전 판타지 장편소설

# 마왕

『백염의 심판자』, 『타격왕 강현수』
**흑신마표 강력 판타지!**

불우한 사고로 식물인간이 된 소년 강철
영혼 차원 이동 프로젝트에 선발되어
외계 프로그램 베타의 도움으로
강력한 힘의 열쇠를 가지고 소생하다

뱀파이어의 권능 불사. 지배!

몬스터들의 힘을 흡수하며
막강한 힘을 부리게 된 그의 목표는 단 하나
강해지고 싶다. 끊임없이 강해지고 싶다!

**드래곤조차 그의 발판일 뿐!**
**강함의 한계를 초월한다!**
**순수 강強 주인공 등장!**